U0540605

陪伴孩子成长的国学经典

国学是中华文明的瑰宝,
是人类共有的精神财富。

陪伴孩子成长的国学经典

——彩绘注音版——

聊斋志异故事

[清]蒲松龄/著　日辰/改编

长江出版传媒
长江少年儿童出版社

图书在版编目(CIP)数据

聊斋志异故事 /（清）蒲松龄著；日辰改编．
武汉：长江少年儿童出版社，2025.5．--（小蜜蜂童书馆）．-- ISBN 978-7-5721-6158-2
I．I242.1
中国国家版本馆CIP数据核字第20255W34M3号

陪伴孩子成长的国学经典
LIAOZHAI ZHI YI GUSHI
聊斋志异故事

策　　划：蓝 欣　朱晓彦	出版发行：长江少年儿童出版社（湖北省武汉市洪山区雄楚大街268号 邮编430070）
责任编辑：雷棠铄	业务电话：027-87679199
责任校对：邓晓素	印　　刷：湖北恒泰印务有限公司
责任印制：邱 刚	经　　销：新华书店湖北发行所
封面设计：杨 川	规　　格：889mm×1194mm　1/24
封面绘图：卞婉璐	印　　张：9.5
内文绘图：赵欣舒　刘婉娇	书　　号：ISBN 978-7-5721-6158-2
图书制作：凯文出版传媒	版　　次：2025年5月第1版　2025年5月第1次印刷
	定　　价：28.00元

本书如有印装质量问题，可向承印厂调换。

前言
QIANYAN

《聊斋志异》的作者是清代小说家蒲松龄。他十九岁时以当地第一名的成绩考中秀才，后来多次参加科举考试，却屡试不中。后来，他开始了《聊斋志异》的创作。

"聊斋"是蒲松龄的书斋名，"志"是记述的意思，"异"指奇异的故事。蒲松龄小时候就喜欢看民间小说，他以搜集的鬼魅神怪的故事为基础，加上自己的切身体验和生活见闻，创作了短篇小说集《聊斋志异》。

《聊斋志异》最吸引人的地方在于其丰富的想象力。在这个奇幻瑰丽的世界里，我们可以看到各种各样的狐仙鬼怪，他们或扶危济困，或知恩图报，或邪恶狡诈，有着和人类一样的喜怒哀乐；可以看到仁慈善良的道士，他们会用奇异的法术济弱扶贫、惩恶扬善，堪称正义的代表；还可以看到温文尔雅的书生，感受他们的智慧与勇

气。作者还批判了封建礼教的束缚、官场的黑暗腐败以及人性的丑恶。现代文学家郭沫若曾评价《聊斋志异》说："写鬼写妖高人一等，刺贪刺虐入骨三分。"

我们精心选取了《聊斋志异》中具有代表性的、流传性广的篇目，并将其改编成适合儿童阅读的白话文，在保留原著艺术特点的基础上，增加了注音和精美的插图，这样不仅能提高孩子阅读国学名著的兴趣，也能帮助孩子更好地理解这部作品，进而体会到作者对真善美的赞扬以及对美好生活的追求。

目录 MULU

疲龙	1
崂山道士	5
王成	12
义鼠	23
张老相公	27
遵化署狐	31
潍水狐	35
龙	39
道士	44
牛癀	49
蛰龙	54
单道士	58
汪士秀	62
于江	67
雏鸽	72
赌符	76
车夫	80
罗刹海市	83
保住	93
促织	98
龙无目	110
雨钱	113
龙取水	117
小猎犬	120
蛙曲	125
鼠戏	128
赵城虎	131

螳螂捕蛇	136
小人	139
木雕美人	142
农人	145
狮子	149
义犬	151
骂鸭	155
郭生	159
梁彦	164
河间生	168
吴门画工	172
狼三则(一)	177
狼三则(二)	181
狼三则(三)	185
山市	188
画马	192
藏虱	196
杨疤眼	199
研石	202
鸿	205
象	209
大鼠	212
武夷	216

疲龙

胶州有一位勇敢又聪明的王侍御,他被皇帝选中,要乘坐大船出使琉球国。这天,王侍御和他的船员们正乘风破浪,享受着海上的风景。忽然天空中出现了一道耀眼的光芒,紧接着,一条巨大的龙从云层中翻滚而下,将海水激起几丈高。

这条龙可真大呀,它的身体一半浮在波光粼粼的海面上,另一半则悄悄地沉入水里。它的头高高昂起,下巴轻轻搁在大船上,眼睛半睁半闭,看起来好像累极了,快要睡着的样子。船上的人们都被这突如其来的景象吓了一大跳,停止了划桨,一动也不敢动。船夫说:"这是一条在天上行

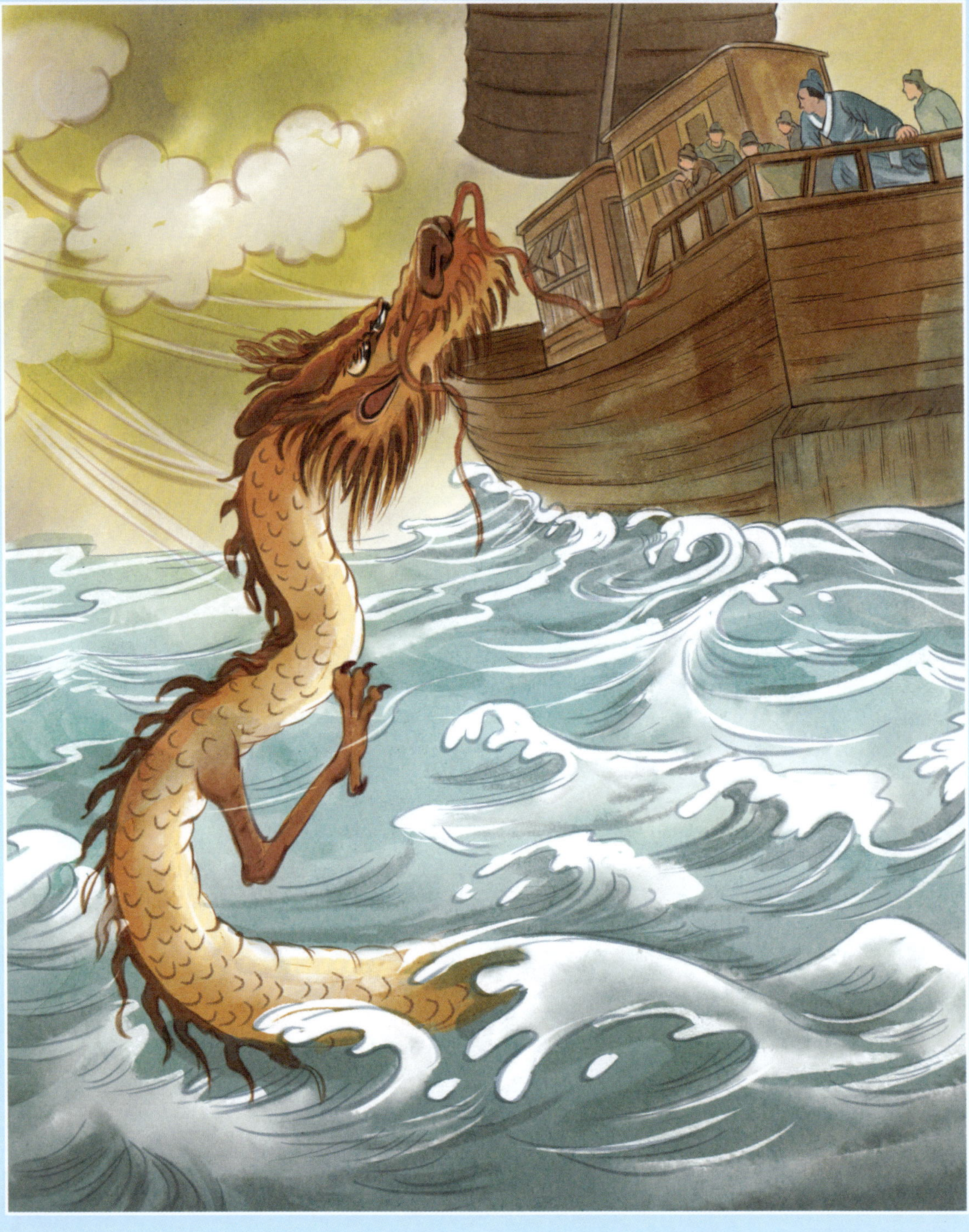

雨的疲龙。"

王侍御便拿出圣旨，高高地挂在船头，又点上香，带领大家一起诚心诚意地祈祷，希望龙能平安回到它的家。过了好一会儿，奇迹发生了，那条龙忽然消失得无影无踪。

可是，船刚继续前行不久，又有一条龙从天上掉了下来，情况和之前一模一样。就这样，一天里竟然发生了三四次这样的事情，大家都觉得既神奇又紧张。

第二天，船夫让大家多多准备白米，并告诫说："我们快要到清水潭了，如果看到些什么，只管把米撒到水中，千万要安静，不可大声喧哗。"没过多久，船就来到了一处海水特别清澈的地方，一眼就能看到水下有好多五颜六色的龙，它们有的粗得像大盆子，有的则粗得像瓮，都静静地蜷伏在那里。大家心里害怕极了,屏住呼吸,闭上眼睛,不敢看也不敢动。只有船夫抓起白米向水中抛撒。没过多久,海水渐渐变得深黑,龙们似乎被"吓跑"了。

大家这才稍稍松了口气,好奇地问:"为什么要撒白米呢?"船夫笑着解释:"因为龙最怕一种叫蛆的小虫子,它们担心蛆会钻进自己的鳞甲。白米的形状很像蛆,所以龙一看到就会趴伏在那里。船在上面行驶,可保安全。"

崂山道士

县里有个姓王的书生,排行第七,是过去一个世家大族的子弟。他从小仰慕道家的方术,听说崂山上住着许多神仙,就收拾行李前去访仙学道。

王生终于登上了崂山,发现绿树丛中有一座道观。道观里静悄悄的,里面有一位白发苍苍的道士坐在蒲团上,神态爽朗不俗。

王生鼓起勇气和道士攀谈起来,道士说的话既深奥又有趣,让王生听得入了迷。他恳求道士收他为徒。道士笑着摇摇头,说:"学道可不容易,要吃得了苦才行。"王生连忙保证:"我不怕苦!"

傍晚,道士的门徒都来了,王生与他们一一行礼后,便留在了道观中。每天天还没亮,他就跟着师兄们一起去山里砍柴。起初,王生觉得很新鲜,但时间一长,他的手脚都磨出了厚厚的茧子,他开始觉得累了,心里也悄悄地产生了回家的念头。

一天晚上,王生打完柴回来,发现道观里灯火通明,师父正和两位客人饮酒谈笑。神奇的是,师父随手剪了一张圆纸片贴在墙上,那纸片竟然变成了一轮明亮的月亮,照亮了整间屋子!

客人们非常热情,他们让各弟子一起喝酒。王生心里直犯嘀咕:这么多人,一壶酒怎么够分呢?但奇怪的是,无论大家怎么倒,酒壶里的酒总是满满的,好像永远也倒不完。

接着,其中一位客人还从月亮里请来了一位美丽的仙女——嫦娥!嫦娥穿着彩衣,轻盈地跳着舞,还唱起了动听的歌。跳完舞后,嫦娥一下子跳到了桌子上,竟变成了一双筷子,让大家看得目瞪口呆。

这时,另一位客人提议:"今晚这么开心,不如我们把酒宴搬到月宫里去吃吧！"说着，三人带着酒席慢慢地飞进了月亮里。王生和师兄们看着他们在月宫里饮酒，连胡须眉毛都看得清清楚楚，就像照在镜子中一样。

过了一会儿，月亮慢慢变暗了，客人们也消失不见了。但桌子上的菜肴和果品还留在那里，墙上的月亮也变回了那张圆圆的纸片。王生心里很羡慕，打消了回家的念头。

又过了一个月，王生在道观里每天辛勤地劳作，但他的心里开始有些着急了。因为他发现，道士虽然待他很好，却从未正式教过他任何法术。

终于有一天，王生鼓起勇气，走到道士面前，诚恳地说："师父，我从那么远的地方来，就是想学点法术。哪怕是最简单的，我也知足了。可现在，我每天除了干活儿还是干活儿……"道士听了，微微一笑，说："我早就看出你心浮气躁，不过既然你这么说了，我就教你个小法术吧。"

王生一听，眼睛立刻亮了起来，连忙跪下拜师。道士说："我教你'穿墙术'，但记住，你若不能保持善良正直，法术也会失效。"说完，道士便低声念起咒语，并教王生如何念诵和集中注意力。

王生学着道士的样子，闭上眼睛，心里默念着咒语，然后睁开眼睛，对着墙壁大喊一声："进去！"但他看着坚硬的墙壁，心里还是有些害怕，脚像生了根一样，动也不动。道士鼓励他："别怕，试着往前迈一步。"

王生鼓起勇气，心里默念咒语，闭上眼睛，向前一冲，竟跑进了墙里。接着，他惊讶地回头一看，自己果然已经站在了墙外。

王生高兴得跳了起来，连忙跑回去向道士道

谢。道士严肃地说:"记住我说的话,回去后要清白做人,不可滥用法术。"说完,还给了王生一些路费,让他回家。

王生带着满心的欢喜离开了道观。回到家后,他迫不及待地想向妻子展示自己的新本领。他故意把妻子叫到院子里,指着院墙说:"你看好了,我要表演穿墙术!"说完,他在心里默默念起咒语，然后向墙壁冲去。

然而，这次没有那么顺利。王生一头撞在了坚硬的墙壁上，妻子连忙跑过来扶他，见他额头上肿起一个大包，忍不住笑了出来。

王生又羞又恼，心里埋怨道士没有教给他真正的法术。

王成

王成是平原县旧时官宦人家的子弟,后来家道中落,加上他太懒惰,家里变得一贫如洗。夏天到了,天气热得让人受不了,王成就和村里人一起去村外的周家花园凉亭里避暑。

有一天,太阳已经升得很高了,其他人都回家了,只有王成还懒洋洋地躺在凉亭里。就在这时,他突然发现草丛里有一个金光闪闪的东西。他好奇地走过去,捡起一看,原来是一支精美的金钗,上面还刻着"仪宾府造"的字样。王成记得,这是他祖父家以前用过的标记,心里觉得很奇怪。

就在这时,一个老太太走了过来,焦急地问

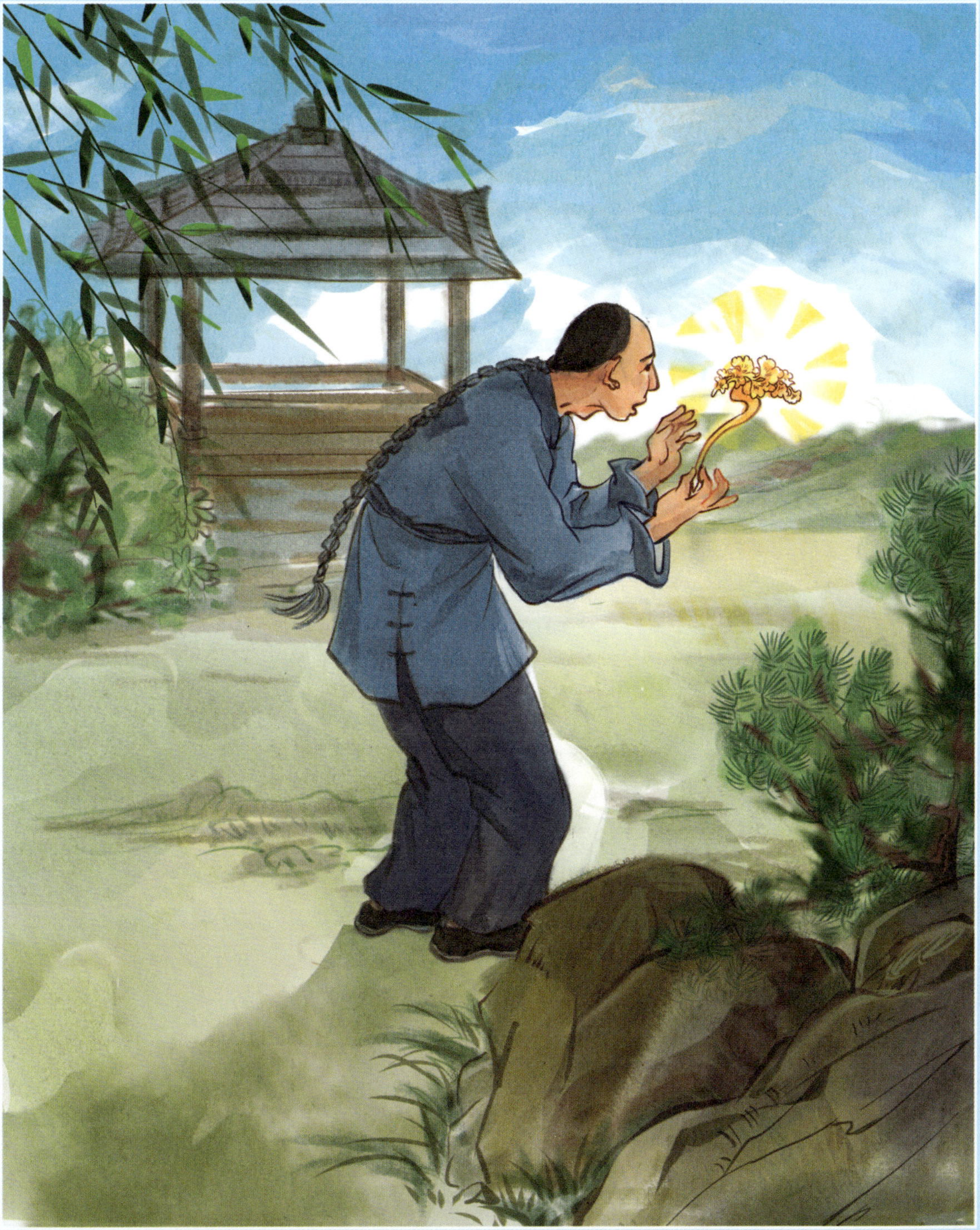

王成有没有看到她的金钗。王成虽然家里穷，但他是个诚实的人，立刻把金钗还给了老太太。老太太非常高兴，夸王成品性好，还告诉王成一个惊人的秘密：原来她是个狐仙，一百年前曾是王成祖父的妻子！王成惊讶极了，连忙邀请老太太去家里坐一坐。

到了家里，老太太看到王成和妻子过着如此艰难的生活，心里很难过。她拿出金钗，让王成的妻子去换些米回来。临走前，老太太还告诉王成，她有一些积蓄，可以帮他做点小生意，改善生活。王成听了，感激得不知说什么好。

几天后，老太太又来了，她给了王成一些银子，让他去买些葛布到京城去卖。老太太还叮嘱王成："你不要懒惰，务必六七天到达京城。如果晚到，就后悔莫及了！"王成恭敬地答应了。

王成挑着重重的货物踏上了前往京城的旅程。路上,忽然下起了倾盆大雨。王成从没吃过风霜雨雪之苦,不想冒雨前行,找了一家旅店歇脚。这一夜,雨下得特别大,好像天空破了个大洞,雨水不停地往下倒。第二天醒来,外面的路成了泥潭,行人的脚都陷进了深深的泥里。王成看着这样的路,心里直打鼓,想着:"这可怎么走哇?"好不容易等到中午,雨停了,地面稍微干了点,可没多久,又下起了大雨。就这样,王成在旅店里多住了两天。

终于,雨停了,王成继续赶路。快到京城时,他听说京城的葛布价格高得惊人,心里别提多高兴了。到了京城后,他解下行装住进客店,店主却深深地惋惜他来晚了。原来,之前因为路不通,葛布进不来,贝勒府里又急着要买,因此葛布价

格暴涨。但就在他到的前一天，贝勒府刚好已经买够了，后来运到的葛布都卖不出去了，价格就跌了下来。

王成见葛布的价格越跌越低，仍不肯亏本卖。时间一天天过去，他的钱快用完了，不得已低价卖掉葛布，亏了不少钱。更糟糕的是，他准备回家时，发现剩下的银子不翼而飞！他急得快哭了，但想到这不能怪店主,就强忍着没有报官。店主知道后很感动,给了他五两银子作为路费。

王成的心里五味杂陈,不知道该不该回家见祖母。就在这时,他看到街上有人斗鹌鹑,赌注很大。他数了数手里的钱,刚好够买几只鹌鹑试试运气。店主也怂恿他试试,还让他免费住在店里。

王成买了好多鹌鹑回来,可没想到半夜下起了大雨,一连下了好几天都不停。鹌鹑们一只只病倒了,最后只剩下一只还活着。王成看着这只孤零零的鹌鹑,眼泪都要掉下来了。店主安慰他,说这鹌鹑可能是个"战斗高手",让他好好训练。

王成按照店主的建议,用心训练这只鹌鹑。果然,它非常勇猛,每次斗其他鹌鹑都赢了。王成用它赚了不少钱,心里别提多高兴了。就这样过了半年多,王成积攒了一笔钱。

京城里有个亲王特别喜欢斗鹌鹑。每年元宵节，他都会邀请民间的斗鹌鹑高手来王府，和他养的鹌鹑一较高下。店主把这个好消息告诉王成，还带他一起前往。店主又叮嘱说："如果你的鹌鹑斗赢了，亲王肯定要把它买下来，但你别急着答应，看我的眼色行事。"王成同意了。

元宵节那天，王府前热闹非凡，人们挤得满满的，都想看这场斗鹌鹑大赛。亲王坐在高高的宝座上，周围是一群穿着华丽的官员。比赛开始了，鹌鹑被一只接一只放上台，但它们都不是王府鹌鹑的对手，很快就败下阵来。

终于轮到王成了，他和店主一起走上台。亲王仔细看了看王成的鹌鹑，说："这只鹌鹑眼神犀利，定是个勇士！"于是，他命令放出王府里十分厉害的"铁嘴"来应战。可谁也没想到铁嘴几个回合就败下阵来,亲王惊讶极了。

　　亲王不甘心,又换了几只更厉害的鹌鹑,也都被王成的鹌鹑一一打败。最后,亲王拿出了他的宝贝——玉鹑。这只鹌鹑羽毛洁白如雪,看起来就像天上的仙鸟一样。王成心里直打鼓,跪在地上恳求不要斗了,但亲王坚持要比。

　　比赛开始了,玉鹑勇猛地冲向王成的鹌鹑,但王成的鹌鹑像只愤怒的公鸡,稳稳地趴在地上等着。当玉鹑快要啄到它时,王成的鹌鹑突然跳起来,像仙鹤一样迅猛地反击。两只鹌鹑在空中上下翻飞,观众们看得目不转睛,连声叫好。

　　时间一分一秒过去,玉鹑渐渐体力不支,羽毛也被啄掉了不少。最后,它只能垂着翅膀逃走了。王成的鹌鹑赢得了比赛,全场响起了热烈的掌声和欢呼声。

亲王把王成的鹌鹑要来放在手上把玩起来,从头到脚看了个遍。他笑眯眯地问王成:"你这鹌鹑卖不卖呀?"王成摇摇头说:"我与它相依为命,不愿意卖。"亲王一听,大笑说:"我给你个好价钱,保证你一辈子吃喝不愁，怎么样？"王成想了想，心里虽然舍不得，但想着能让家人过上好日子，就答应了。

亲王问王成想要多少银子，王成鼓起勇气说："要一千两。"亲王一听，笑得更厉害了："这算什么珍宝，能值一千两？"王成说："大王不认为它是珍宝，小人却认为它比价值连城的碧玉还贵重。"亲王又说只愿意给六百两，王成心里直打鼓，偷偷看了店主一眼，见店主神色不动，就勉强答应了。亲王高兴极了，立刻让人拿来银子给了王成。

王成拿着银子，谢过亲王就往外走。店主却在一旁摇头，说："你再坚持一下，说不定能拿到更多呢！"但王成已经心满意足了。

回到旅店，王成把银子放在桌子上，请店主自己拿，店主却不要。王成又执意要给，店主推辞不过,只收下了王成几个月来的饭钱。王成带着剩下的银子,兴高采烈地回家了。

到家后,王成把事情的经过一五一十地告诉了家人,大家都高兴极了。老太太让王成用这些银子买了三百亩良田,盖起了新房,添置了器具,家里一下子变得富裕起来。老太太还每天早早起床,督促王成和他媳妇勤劳工作,不能偷懒。王成夫妻俩都很听话,家里的日子越过越红火。

就这样过了三年,家里越来越富裕。一天早晨,夫妻俩去问候老太太时,她却已经杳然不见踪影。

义鼠

有两只老鼠住在一个小洞里。一天,它们像往常一样从洞里探出头来,想要找些好吃的。

就在这时,一条蛇悄悄地靠近了它们。蛇张开血盆大口,一下子就把一只老鼠吞进了肚子里。另一只老鼠看到这一幕,吓得眼睛瞪得圆圆的,就像两颗黑黑的花椒粒,心里充满了愤怒和悲伤,但它知道自己不能冲动,只能远远地看着,不敢上前。

蛇吃饱后,心满意足地扭动着身体,想爬入洞穴里休息。就在它的身体刚钻进洞口一半的时候,那只老鼠突然飞快地冲了过去,一口咬住了

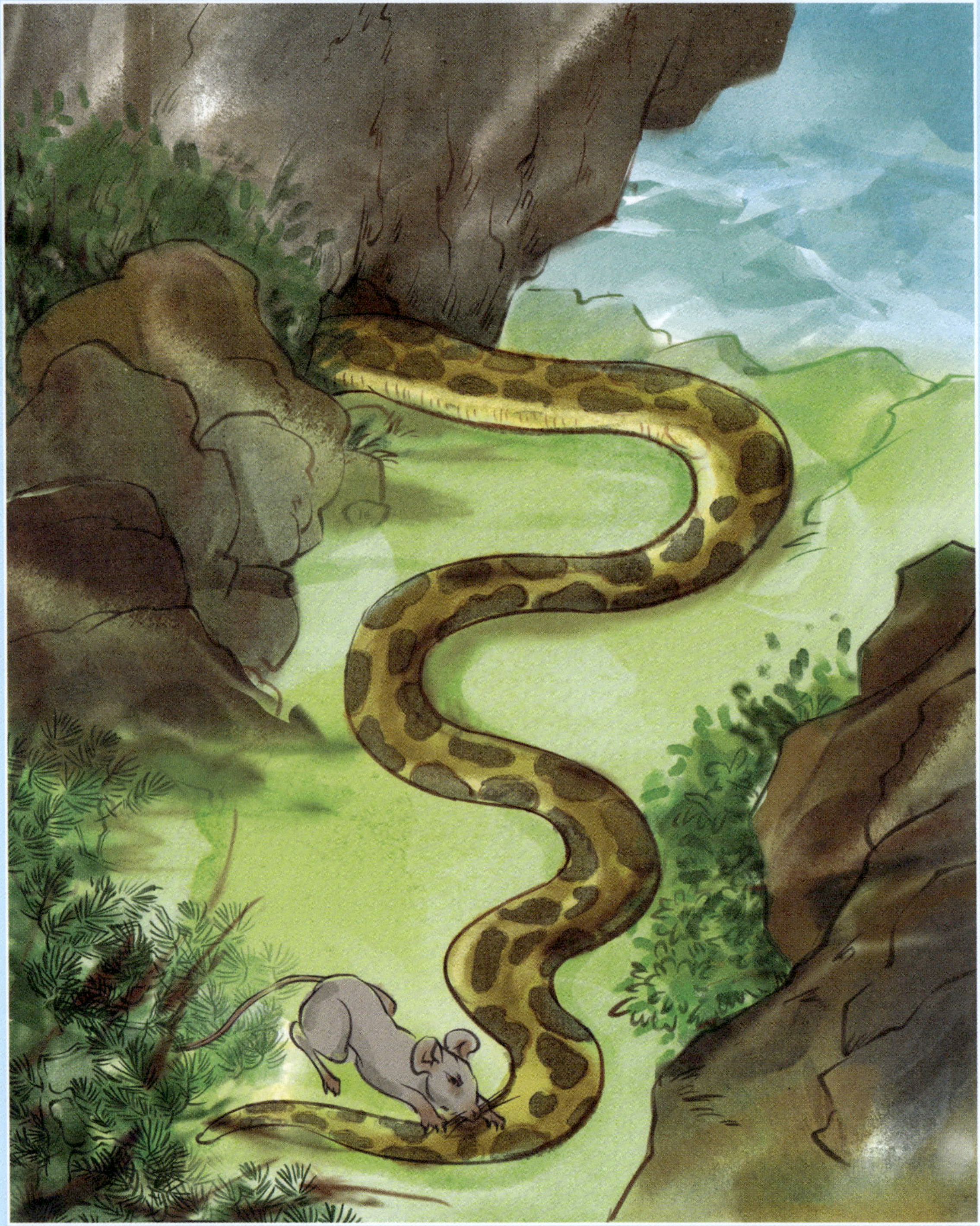

蛇的尾巴。

蛇发怒了,退着身子出洞,想要把这老鼠也吞掉。老鼠非常灵活,它一见蛇出来,就嗖的一下逃开了,让蛇扑了个空。

蛇不甘心,追了出来,但老鼠已经跑得无影无踪。

蛇只好气呼呼地回到洞口,准备再次钻进去。可就在这时,老鼠又悄悄地出现了,跑回来,仍旧咬住蛇的尾巴。就这样,蛇一进洞,老鼠就咬;蛇一出洞,老鼠就跑。它们之间展开了一场激烈的"拉锯战"。

时间一分一秒地过去,蛇累得气喘吁吁,终于受不了了。它只好从洞里完全退出来,把已经死去的老鼠吐在了地上。

那只灵活的老鼠看到这一幕,跑过来闻了一

阵，发出吱吱的声音，好像在为逝去的朋友哀悼。然后，它小心翼翼地叼起死鼠的身体，一步一步地回到了它们的小洞里。

张老相公

张老相公是山西人,他有个宝贝女儿要出嫁了。为了给女儿准备最好的嫁妆,张老相公决定带着家眷,乘船前往美丽的江南亲自挑选。他们的船缓缓地行驶着,来到了风景如画的镇江金山脚下。

张老相公知道金山脚下有个江怪——鼋鱼精,它特别喜欢腥味,一闻到就会跳出水面捣乱,伤害过往的船只和行人。所以,他特意叮嘱家人:"你们留在船上,千万别做带腥味的食物!"

可是,张老相公一走,家里人就忘了他的嘱咐,在船中烤肉吃。结果,鼋鱼精闻到气味,猛然

冲出水面,一个大浪打过来,船翻了,张老相公的妻子和女儿都被卷入了江中。

张老相公驾船回来,心如刀绞,又伤心又生气,恨不得跟着家人一起去了。但他想要为家人报仇,除掉这个害人的鼋鱼精。

他登上金山寺,向里面的和尚打听鼋鱼精的

事情。和尚们一听,都害怕得直摇头,说:"我们每天都小心翼翼地供奉它,生怕它生气。每隔一段时间,我们还会杀牲畜,把肉丢进江里喂它呢!"

张老相公听了,心里有了主意。他请来了铁匠师傅,在半山腰砌炉炼铁,炼出一个巨大的铁块,炼得红红的,有一百多斤。

然后,他挑选了几个力气大的壮士,用钳子夹起热铁块,扔进了江里。

鼋鱼精以为是什么好吃的,腾跃而出,张口就吞。可这次不一样,铁块又烫又重,鼋鱼精疼得在江里翻滚,没多久就沉了下去。江面上顿时波涛汹涌。过了好一会儿,风浪平息了,鼋鱼精的尸体浮了上来,大家这才知道它真的被除掉了。

金山寺的和尚和过往的行人都非常高兴,他

们觉得张老相公是位大英雄。他们在江边建了一座庙,并塑了张老相公的像摆在里面,把他当作守护江水的神灵供奉。

遵化署狐

诸城的丘公被派到遵化去做官。遵化的衙门里向来有许多狐狸。在最后边一座楼里，有好多狐狸聚族而居，以此为家。

这些狐狸时不时出来祸害人，让大人们很头疼，以前的官员都不敢惹它们，总是小心翼翼地供奉着。

丘公来了以后，听说了这件事，非常生气，心想："怎么能让狐狸这么嚣张呢？"

狐狸们似乎也感觉到了丘公的威严。一天，一只狐狸变成一个老太太，悄悄找到丘公的家人，说："请转告大人，我们并没有恶意，只是想找个安身之所。请给我三天时间，我们全家就会搬走，不再打扰。"丘公听说后，没有说什么。

第二天，丘公像往常一样检阅完士兵后，突然下令让大家不要解散，而是把各营的大炮都搬来，围着那座狐狸楼摆了一圈又一圈，然后，他大喊一声："放！"所有的大炮同时响起，那座高高的楼，一眨眼就变成了平地，里面还飘出了好多狐狸的皮毛和血迹，就像下了一场奇怪的雨。

在烟尘中，大家看到一缕白气嗖的一下冲上了天，众人望着说："有只狐狸逃跑了！"从那以后，衙门里平安无事。

转眼间，两年过去了。丘公想升更大的官，准备派一个能干的仆人带着银子去京城打点关系。那仆人暂时先把银子藏在一个衙役的家里。

忽然，一个老头儿跑到朝廷喊冤，说自己的

家人被杀害了,还告发丘公贪污军饷、行贿大官,说那些银子就藏在衙役家里。有关衙门奉旨押着老头儿去查,到了衙役家,搜了个底朝天也没找到银子。

这时,老头儿用脚轻轻一点地,办案的人立刻明白了,就地挖掘,果然有银子,上面还刻着字。

可是，等他们再去找老头儿时，老头儿已经不见了，按他告状时说的名字去找，也根本找不到这个人。

后来，丘公因为这件事丢了性命。大家才恍然大悟，原来那个老头儿就是当年逃跑的狐狸变的，它为了报仇，用了这么巧妙的方法。

潍水狐

潍县李家有一座漂亮的别墅。有一天,一个老头儿突然来访,他说:"我想租这座别墅住,每年交五十两银子,怎么样?"李家主人觉得这是个好主意,就爽快地答应了。

可是,老头儿走了之后,好像把这事儿忘得一干二净,好久没再来。李家主人想着,总不能让房子空着吧,就打算租给别人。不久,老头儿又出现了,说:"咱们不是说好我租的吗?怎么又要租给别人了呢?"

李家主人解释了原因,老头儿说:"我肯定会住进来的,只是我得挑个好日子搬家,就在十天

后。"说完,老头儿先交了一年的租金,还特意叮嘱:"就算房子空着,也不要过问。"

搬家日期过了好几天,也没见老头儿的影子。李家主人好奇,就想去别墅看看。他一到那儿,只见大门紧闭,但院子里炊烟袅袅,人声鼎沸。他递上名帖去拜访,老头儿忙走出来,热情地把李家主人迎进屋去。

从那以后,李家主人和老头儿成了好朋友,还经常送礼物给对方。不久,李家设宴邀请老头儿,大家吃得开心,聊得也投机。

李家主人问老头儿:"您是从哪儿来的呀?"老头儿说:"陕西那边。"李家主人很诧异,不明白为何要从那么远跑来租房。老头儿神秘地说:"潍县是个好地方,陕西那边要不太平了,我得躲躲。"当时天下太平,李家主人也没当回事儿。

后来，老头儿也回请了李家主人，那宴会设置和饮食都很豪华，李家主人更加好奇老头儿的身份。老头儿坦白说："其实我是只狐狸，但我们是好朋友，对吧？"李家主人虽然惊讶，但心里更觉得老头儿亲切了。

这事儿一传十，十传百，连城里的士绅们都

跑来拜访老头儿。老头儿总是很有礼貌地接待他们,渐渐地郡里的官员都和他成了朋友。只有县令想见他,老头儿却总躲着。县令又托李家主人去打招呼,老头儿还是不愿见。老头儿悄悄告诉李家主人:"县令前世是只驴,虽然现在是官,其实是个无耻之人。我虽然不是人类,但是耻于和这样的人来往。"李家主人只好编了一套说辞告诉县令,县令也就没再强求。

这事儿发生在康熙十一年,后来,陕西真的遭遇了战乱。

龙

在山东和北直隶交界的地方，有个神奇的村庄，发生了一件令人惊奇的事情。一天，一条龙意外地降落在了那里。这条龙看起来有些笨重，不太灵活，但它还是努力挤进了村子里一户士绅家的大门。

这家的门其实并不大，可龙还是硬生生地挤了进去，把家里的人都吓坏了。

有的人吓得赶紧跑上楼，大声呼喊；有的人手忙脚乱地拿出土枪土炮，轰隆隆地放起来。龙被这些响声吓得不轻，这才离开。

门外刚好有一滩积水，水很浅，连一尺深都

不到。龙一头扎进水里，翻转着身子，却把自己弄得满身是泥，看起来更加狼狈了。

龙用力想飞起来，但每次只飞得起来一点点，就像被什么东西拉住了一样，最后总是重重地摔回泥水里。就这样，它在泥水中挣扎了三天三夜，鳞甲上都爬满了苍蝇，真是又可怜又好笑。

就在大家以为龙会一直这样被困在泥里时，奇迹发生了。有一天，天空突然下起了大雨，雷声隆隆。龙借着雨势和雷声的力量，用力一挣，终于挣脱了泥水的束缚，在霹雳声中腾空而起，消失在天边。

再来说说另一个龙的故事吧。有个姓房的书生和他的朋友们一起去爬牛山，他们来到一座寺庙里参观。正当大家看得津津有味时，突然从屋顶的椽子上掉下来一块黄色的砖块。

大家仔细一看，砖块上竟然盘着一条小蛇，又细又长，像条蚯蚓似的。可一眨眼的工夫，这条小蛇就变了样，它转了一圈，就变得像手指那么粗了；再转一圈，已经粗得像根带子了。大家都惊呆了,知道这是一条不一般的蛇——它其实是条龙!

大家吓得赶紧往山下跑,生怕被龙伤到。刚跑到山腰的时候,就听到寺庙里传来一声巨响,就像打雷一样。抬头一看,只见天空中乌云密布,一条巨龙在云层中自如地辗转翻腾,最后慢慢地消失了。

还有更神奇的呢!在章丘的小相公庄,有个民妇在野地里走路时遇到了一阵大风,风沙吹得她眼睛都睁不开了。她感觉好像有东西眯进了眼睛里,又疼又痒,怎么揉都揉不出来。后来她发现,原来有一条细细的红线在她的眼珠和眼皮之间。

有人说:"这可能是条小龙在睡觉呢!"农妇听了又害怕又担心,不知道该怎么办才好。

可是过了三个多月,什么事情都没发生。直到有一天晚上下起了大雨,雷声震耳欲聋。就在这时,农妇突然感觉眼睛一热,那条红线就像被什么东西吸走了一样猛然冲了出去。

原来是那条小龙趁着雷雨之夜飞走了!而农妇呢?她一点事都没有,真是让人又惊又喜。

道士

韩生是个大户人家的子弟，特别喜欢邀请朋友们来家里做客。

同村有个徐某，经常到韩生家喝酒聊天。有一天，韩生家里正热闹地宴请宾客，一个穿着旧道袍的道士上门化缘。但不管家人给他钱还是粮食，道士都不要，也不肯离开，这让家人有点生气，就不再理他了。

韩生听到外面敲钵盂的声音，就问了问情况，然后请道士进来一起坐。道士很有礼貌地向每个人问好，坐下后，韩生和他聊了起来，才知道道士刚搬到村东边的破庙里住。韩生觉得没早点儿招

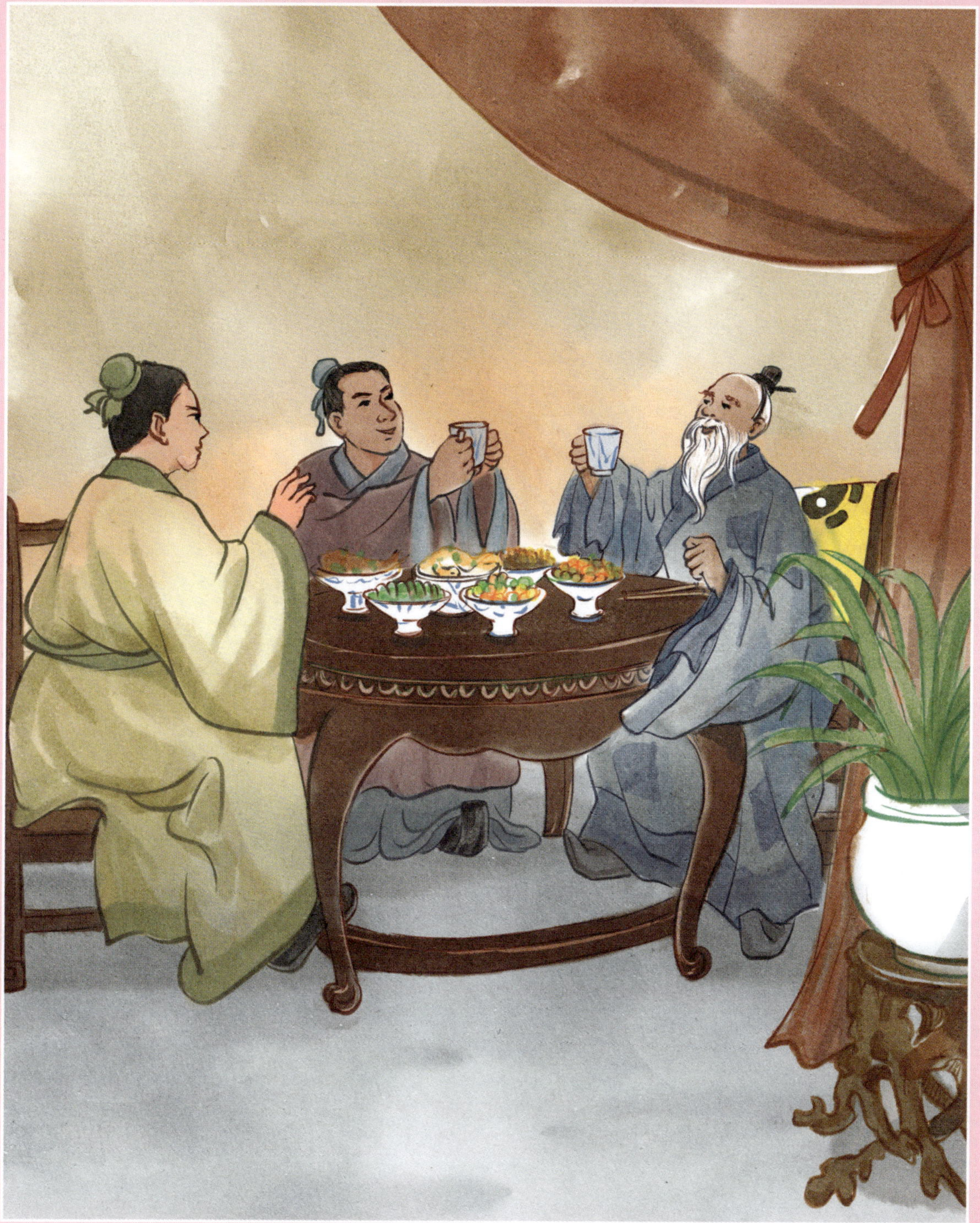

待道士，很不好意思，就请他一起喝酒。道士的酒量可真大，一杯接一杯地畅饮。

徐某看道士的衣服又脏又破，就对他不太礼貌。韩生也把他当一般的江湖食客看待。道士一连猛饮了二十几杯才告辞。

从那以后，每次韩家请客，道士都会来吃吃喝喝。韩生虽然觉得有点厌烦，但还是很客气。

有一天，徐某开玩笑说："道长老来蹭饭，不想请我们一次吗？"

道士笑着说："我和居士您一样，都是两个肩膀顶着一张嘴而已。"徐某羞愧不已，无言答对。

道士接着说："我其实一直想谢谢大家，不如明天中午来我家，我请你们吃饭。"

第二天，韩生和徐某半信半疑地去了破庙。没想到道士已经在路上等他们了。他们边走边聊,到了庙里一看,破庙大变样了,变得像宫殿一样漂亮。院子里还有好多新房子,他们惊讶极了。进了屋,更是富丽堂皇,连大户人家都没这么豪华。

不一会儿,就有穿着漂亮衣服的童子来上菜,还有美女唱歌跳舞助兴。

徐某和韩生都看呆了,酒也越喝越开心,不知不觉已经醉了,慢慢睡着了。

天亮时分,韩生缓缓从梦中醒来,意识渐渐清醒。他发现自己怀抱一块冰凉的石头,正躺在台阶上。他感到一丝丝凉意,猛然坐起,环顾四周,只见一片荒芜,心中顿时涌起一股难以言喻的失落感。

他连忙起身,朝徐某所在的方向望去,只见他正躺在破厕所里呼呼大睡,头下枕着的竟是一

块茅坑里的石头，显得既狼狈又滑稽。韩生轻轻踢了踢徐某，将他唤醒。两人面面相觑，感到非常惊慌。四下一看，哪里有什么锦绣楼阁，眼前只见一院子荒草、两间破庙而已。

牛癀

夏天的一个炎热午后,蒙山人陈华封跑到村外一棵枝繁叶茂的大树下乘凉。他刚躺下不久,就看见一个急匆匆的人跑来,倚靠石头坐下。那人头上裹着厚厚的围巾,满脸是汗,不停地扇着扇子。

"如果取下围巾,不扇扇子也可以凉快了。"陈华封笑着说。

那人苦笑了一下:"拿下来容易,再围上就难了。"

两人聊了起来,陈华封发现这位客人谈吐文雅,十分有趣。

客人说:"这时候,要是有杯冰镇的酒,那可真是美极了!"

陈华封一听,眼睛一亮:"我家正好有冰镇的酒,不如去尝尝?"

客人一听,高兴极了,跟着陈华封回了家。一进家门,陈华封就从石洞里拿出冰凉的酒,客人一口气喝了好多杯,直呼过瘾。

天色渐暗,外面下起了雨。两人坐在屋里,客人终于摘下了围巾。陈华封注意到,每当客人说话时,他脑后似乎有光透出,陈华封感到好奇极了。不一会儿,客人酩酊大醉,躺在床上睡着了。他悄悄靠近一看,哎呀!原来客人耳朵后面有个大洞,里面藏着好多层膜,最外面是一层软皮盖着。他轻轻拔下客人头髻上的簪子,拨开软皮往里看,只见一个小牛模样的东西嗖地飞了出

来，从窗户飞走了。陈华封吓得差点儿叫出声，刚要转身，客人醒了，惊慌地说："你看到了我的秘密！牛癀跑出去了，这下可糟了！"

原来，这位客人是管

理六畜的神仙，因为犯错被罚下凡间。刚才飞走的是牛癀，它会让百里之内的牛都得病。陈华封一听，急得直哭，因为他家就是靠养牛为生的。

客人叹了口气："我也难逃责罚，但苦参散能解这牛癀。你要广传药方，不能自私。"说完，捧了一捧土放在壁龛内，说："每次用一点儿也有效。"说完拱拱手就不见了。

过了不久，牛果然生了病，瘟疫流行。陈华封只想个人得利，将药方的事保密，不肯外传，只悄悄地传给了弟弟。弟弟按照药方一试，果然灵验，家里的牛都恢复了健康。

可陈华封呢？他自私地以为，如果只有自己家的牛好起来，就能在市场上卖出更高的价钱。于是，他独自用苦参磨成粉末喂给自家的牛，但奇怪的是，这些牛丝毫没有好转的迹象，反而病情越来越重。眼看着四十头牛一头接一头地倒下,只剩下几头老母牛奄奄一息,陈华封心里充满了懊悔和绝望。

就在这时,他忽然想到壁龛上的土,心中涌起一丝希望,虽然不确定是否有效,但总比坐以待毙要好。于是,他抱着试试看的心态,将土撒在了老母牛的食槽里。

仅仅过了一个晚上,那些原本奄奄一息的老母牛竟然都站了起来,精神焕发。这一刻,陈华封终于明白了神仙的用意。原来,药之所以不灵验,是因为他自私自利。他后悔自己没有早点儿将药方分享给乡亲们,导致大家共同遭受了这场灾难。

蛰龙

於陵有位姓曲的通政使。这天,天空飘起了绵绵细雨,曲公像往常一样,坐在自家楼上读书。

突然,一道奇妙的光芒吸引了他的注意。原来,是一只小巧玲珑、身体散发着淡淡萤光的小虫子,正慢慢地爬行。

它每爬过一处,那里就会留下一道像鼻涕虫爬过般的黑色痕迹,摸起来热热的,像是被什么烧焦了一样。小虫子不紧不慢地爬上了曲公的书本,书页也渐渐出现了同样的焦痕。

曲公心里一惊,他想:"这难道是传说中的龙吗?"他轻轻地捧起书本,生怕惊扰了这位小

小的访客,然后小心翼翼地将它带到了门外。

可是,小虫子到了门外蜷缩成一团,一动不动。曲公恍然大悟:"哦,我明白了,你是觉得我没有足够尊重你吧?"

于是,曲公立刻返回家中,把书本放在书桌上,穿戴整齐后,深深作了个揖,再将小虫子送出去。

奇迹发生了！就在曲公把小虫子送到屋檐下的那一刻，小虫子突然昂起了头，身体像变魔术一样迅速伸长，从书本上腾空而起，伴随着哧哧的轻响和一道耀眼的白光，它飞了起来！小虫子在空中盘旋了几圈，还不忘回头望了望曲公，那时的它，头已经变得比家里的水缸还要大，身体有几十围粗。

随着一声震耳欲聋的轰鸣，龙腾云驾雾，消失在云端之中。

曲公激动地回到书房，仔细察看龙爬过的痕迹。那些弯弯曲曲的痕记，一直延伸到书架旁的一个旧书箱里。

原来，龙是从那里悄悄爬出来的。

单道士

有位韩公子，是县里世代显贵人家的子弟。有一天，他遇到了一位姓单的道士，这位道士有个特别的本领——会变戏法。韩公子被单道士的戏法深深吸引，总是邀请他到家里做客。

单道士往往在和客人们一起坐着或站着的时候，突然间不见踪影，让大家惊叹不已。韩公子非常羡慕，多次请求单道士教他隐身术，但单道士总是摇摇头说："并不是我不愿意教，而是怕这种法术落到心术不正的人手里，会用来做坏事。比如，有人可能会用它去偷东西，或者做更不好的事。"

韩公子听了虽然不高兴，但也明白单道士的苦心。可是，时间一长，他心里就生出了不满，甚至想要报复单道士。于是，他悄悄和家里的仆人商量了一个计划：把细灰撒在道士必经的麦场上，等单道士走过时，虽然看不见他的人，但可以看到他的脚印，这样就可以趁机痛打他一顿了。

计划实施的那天，韩公子就把单道士骗了来。

趁单道士不注意，仆人们拿起鞭子就抽。单道士突然消失了，麦场的细灰上果然留有道士的脚印。仆人们追着脚印一阵乱打，结果脚印变得乱七八糟，众人再也找不到目标。

正当韩公子得意扬扬地回到家时，单道士却像没事人一样出现了。他不仅没生气，反而笑着对大家说："我要走了，感谢这些日子的款待。如今分别，我也应当有所表示。"说着，他从袖子里拿出一壶酒、一盘菜，接着又变出许多好吃好喝的，摆满了一桌子。大家吃得开心极了，最后单道士又把这些一一收回到袖子里。单道士在墙壁上画了一座城，然后用手一推，城门立刻就打开了。他将包裹的衣服、箱子里的东西扔到城门里边，然后纵身跳到城里，城门关上，便消失不见了。

后来，听说单道士去了青州的集市上。在那里，他教孩子们玩一个有趣的游戏：在手掌上画个黑圈，然后轻轻地抛向别人，黑圈就会像活的一样，跳到对方的脸上或衣服上，留下一个圆圆的印记，逗得大家哈哈大笑。

汪士秀

汪士秀是庐州人,他刚勇有力,能举起捣米用的石臼。他和父亲都擅长踢球。汪士秀的父亲四十多岁时,在渡钱塘江的时候不幸遇难沉江。八九年后,汪士秀到湖南办事,夜幕降临,船缓缓停泊在风景如画的洞庭湖畔。那晚的月亮格外明亮,像一个巨大的灯笼挂在天边,将湖面映照得如同一条白练。

汪士秀站在船头,被这美景深深吸引。突然,他注意到湖面上出现了奇异的景象:五个身影从水中跃出,中间三人身穿彩衣,还有两个穿着褐色长袍的仆人,一个看起来像儿童,另一个像是老翁。

那老翁在月光下与汪士秀记忆中的父亲汪大海有着惊人的相似！但他又不敢确定，因为那人的声音并不熟悉。就在这时，一场水下球赛开始了。那小童从水中取出一个巨大的圆球，球中好像贮满了水银，里外通明。

穿黄衣的领队招呼侍酒的老翁加入游戏,老翁毫不犹豫地一脚踢出,那球在空中划出一道璀璨的弧线,最终落在了汪士秀的船上。汪士秀出于好奇,也试着踢了一脚,没想到这球竟然异常柔软,仿佛云朵一般,而且轻轻一踢就飞得老远,还散发出五彩斑斓的光芒,最后哧的一声落入水中。

席上的"球员们"见状大怒,纷纷指责汪士秀扫了他们的雅兴。老翁却笑着说:"不错不错,这一脚是我家传的流星拐绝招。"汪士秀听到这声音里夹杂着一丝熟悉,他猛然回头,发现那老翁竟真的是失踪多年的父亲!

父子相认的瞬间,泪水与欢笑交织在一起。然而,那些奇怪的"球员"并不打算放过他们,纷纷变身成可怕的鱼精,向汪士秀父子发起了攻击。汪士秀毫不畏惧,拿起船上的大刀,与父亲

并肩作战。湖面也因此变得波涛汹涌,仿佛整个洞庭湖都在愤怒地咆哮。

就在这危急关头,汪士秀想起了船上那两个沉重的大石鼓。他迅速搬起一个,用尽全身力气向湖中那张牙舞爪的大嘴巴投去。轰隆一声巨响,湖面仿佛被炸开了一般,巨浪翻滚,但随即又渐渐平息下来。汪士秀又投下第二个石鼓,这次湖面彻底恢复了平静,仿佛什么都没发生过一样。

战斗结束后,汪士秀和父亲紧紧相拥在一起,他们趁着夜色悄悄离开了这个危险的地方。天亮后,当第一缕阳光洒满船舱时,他们惊讶地发现船舱里多了一根巨大的鱼翅骨,那正是昨晚被汪士秀砍伤的黄衣鱼精留下的。

于江

有一个农民叫于江,他的父亲每天在田地里辛勤劳作。有一天夜晚,父亲在田间守护庄稼时,不幸被一只狼吃掉了。那时候,于江只有十六岁,得知这个噩耗后,他伤心得几乎要哭晕过去。他手里紧紧攥着父亲遗落的鞋子,心里充满了对狼的愤怒和要为父报仇的决心。

夜深人静,等母亲熟睡后,于江悄悄地从家里拿出一把大铁锤,那是他父亲曾经用来修理农具的工具,现在成了他复仇的武器。他轻手轻脚地走出家门,来到田间,躺在父亲遇害的地方,心里默默发誓,一定要为父亲报仇。

时间一分一秒地过去,周围只有虫鸣和风声。

不久,一只狼悄悄接近于江,它在于江身边走来走去,东嗅嗅西嗅嗅,仿佛在寻找什么。于江心里虽然害怕,但想到父亲的仇,他紧紧咬住牙关,一动也不动。狼见他没有反应,开始用毛茸茸的大尾巴扫于江的额头,接着又低下头去舔他的大腿，但于江仍然保持着冷静。就在狼放松警惕，张开大嘴准备一口咬向于江的脖子时，于江猛然挥起大铁锤，重重地砸在狼的头上，狼哀嚎一声，倒地不起了。

于江没有停下，他迅速把狼的尸体藏进草丛中，继续等待。没过多久，又有一只狼出现了，它重复着之前那只狼的动作，但最终也被于江用同样的方式击毙。此时已经半夜，于江感到疲惫，便打了个盹儿。他梦见父亲对他说："你杀了两只狼，已足以泄我心头之恨。但是带头杀害我的那只恶狼，鼻头是白色的，现在毙命的这两只都不是它。"于江醒后，坚持留在原地，等待那只白鼻子恶狼。然而，直到天亮，那只狼也没有出现。于江不想让母亲担心，便把两只死狼拖到了村边的一口枯井旁，用力扔了进去，然后悄悄地

回家了。接下来的几个夜晚，于江都坚持去田间等候，但还是一无所获。直到第四个夜晚，一只狼终于出现了，它凶猛地扑向于江，一口咬住了他的脚。于江强忍着疼痛，任由狼拖着他走。当狼停下来准备撕咬他的腹部时，于江瞅准时机,一跃而起,用尽全身力气挥动铁锤,一下、两下、三下……直到恶狼彻底不动弹了。

于江走近一看,发现这只狼的鼻头果然是白色的。他激动地扛起狼的尸体,回到了家中。母亲看到满身伤痕的于江和那只白鼻子狼,泪流满面地抱住了于江。第二天,母子俩一起来到枯井边,于江把之前藏在那里的两只死狼拽了出来。村民们听说了于江的英勇事迹后,都纷纷称赞他是真正的勇士和孝子。

鸲鹆①

村庄里有个养八哥的人,他教八哥说话,八哥学得特别好,还和主人成了形影不离的好朋友。主人每次出游都要带着八哥一起,就这样过了好多年。

有一天,主人带它路过山西绛州时,主人发现身上的钱快用完了,回家的路还很长,这可怎么办呢?八哥看到主人眉头紧锁,就飞到他的肩头,用它那清脆的声音说:"主人,别担心,我有个好主意。你把我送到城里的王府去,他们一定会很喜欢我,这样你就能得到一笔钱,足够我们回家的路费了。"

①鸲鹆,即八哥。

主人听了,心里很不是滋味,他怎么能舍得卖掉这么好的朋友呢?八哥却安慰他说:"放心吧,主人,你拿到钱后就快点儿走,然后到城西二十里外的大树下面等我。"主人虽然不情愿,但为了回家,还是

照做了。

主人把八哥带到城里，当着众人的面，他们一问一答，逗得大家哈哈大笑。这时，王府的一个宦官注意到了，连忙回去报告给王爷。王爷一听有这么聪明的鸟儿，立刻召见了他们。

在王府里，王爷问八哥是否愿意留下，八哥机灵地回答："我愿意留下，但请王爷给他十两银子，不要多给。"王爷听了很高兴，立刻赏了十两银子给八哥主人。

主人假装生气地离开了王府。

八哥在王府里过得很好，王爷跟八哥说话，八哥应对非常敏捷，常常逗得王爷开怀大笑。有一天，八哥说自己想洗澡，王爷便命人用金盆盛来清水，让八哥享受了一次豪华的沐浴。洗完澡后，八哥变得更加精神。它飞到屋檐上梳理翅膀上的羽毛,又抖了抖全身的羽毛,嘴里还喋喋不休地和王爷说着话。

就在大家以为八哥会永远留在王府时,它却突然用山西话说了句:"臣告辞了!"然后振翅高飞,一眨眼就不见了踪影。王爷和宦官们惊讶不已,他们派人四处寻找八哥的主人,但始终没有找到。

后来有个到陕西的旅人在西安的集市上意外地看到了八哥和它的主人。

赌符

韩道士住在本县城里的天齐庙,大家都喜欢叫他"仙人",因为他有一种特别的本领——幻术。我已故的父亲和他最为友善,每次进城,父亲都要登门拜访他。

有一天,父亲和叔叔一起进城,打算去看望韩道士。路上,他们竟然巧遇了韩道士,只见他笑眯眯地递给父亲一把钥匙说:"你们先去庙里把门打开,进屋坐着等我,我随后就到。"父亲觉得很奇怪,但还是照做了。到了庙里,父亲用钥匙打开门一看,韩道士已经坐在屋里等他们了。这让父亲和叔叔都惊讶得合不拢嘴。

在韩道士身上，还有好多这样奇奇怪怪又好玩的事情呢。比如，有一位族人，他特别喜欢赌博，还把所有家当输给了大佛寺的和尚。他每天愁眉苦脸的，父亲就带他去见了韩道士。韩道士听了他赌博输钱的事情后，笑着说："赌博可不是好事，但既然你这么后悔，我就帮你一次吧。"

韩道士在纸上画了一道符咒，递给族人说："你把它戴在衣带里，记得，赢回原来的钱就停下来，千万别贪心！"说完，还给了族人一千文铜钱作赌本。

族人怀着忐忑又兴奋的心情又去找和尚。当他拿出那些钱时，和尚嘲笑他钱少。族人不服气，坚持要赌，并且提出了一局定胜负。结果，族人一出手就赢了！和尚继续下赌注，又输了。后来，每当族人要输的时候，好像有个神秘的力量在帮

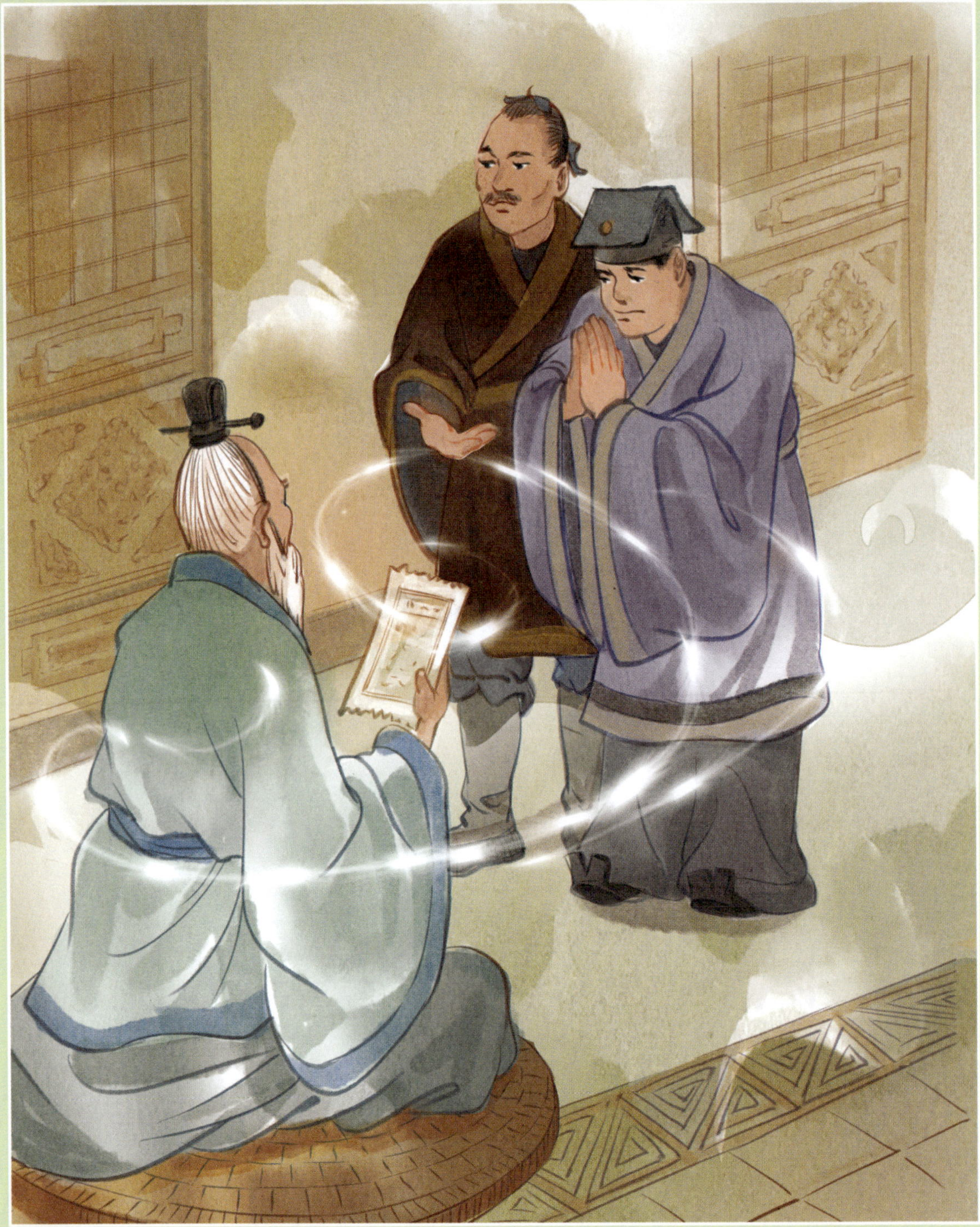

他，让他一次次转败为胜。很快，他就赢回了之前输掉的所有钱。

族人心里美滋滋的，想着再赢一点就更好了。可是，就在他贪心的时候，突然发现自己衣服里的符咒不见了！他吓得赶紧收手，带着钱跑回了天齐庙。

回到庙里，族人把那一千文铜钱还给了韩道士，还愧疚地告诉了他符咒丢失的事情。韩道士笑着摸了摸胡子说："符咒早就回到我这里了。我告诉过你不要贪心，但你没听，所以我自己把它取回来了。"

车夫

一位车夫推着一辆装满沉甸甸货物的板车,正一步步艰难地往山坡上爬。车夫的脸上挂满了汗珠,但他咬紧牙关,双脚像生了根一样牢牢地踏在地上,每前进一步都显得那么不容易。

就在这紧要关头,一只狼悄悄地从草丛中探出头来,它的眼睛闪烁着贪婪的光芒,盯上了车夫那因为用力而紧绷的后背。狡猾的狼知道,此刻的车夫正处于最无助的状态,于是它决定趁机下手。

狼猛然一跃,张开大嘴,狠狠地咬在了车夫的屁股上。这突如其来的疼痛让车夫差点儿松开

推车的手,但他立刻意识到,如果现在松手,不仅车上的货物会滚落山坡摔得粉碎,连自己也可能被失控的车子压在下面。车夫心里又急又怕,但他没有放弃,而是咬紧牙关,忍受着剧烈的疼痛,继续用力推着车子。

周围的空气似乎都凝固了,只有车夫沉重的呼吸声和车轮碾压石子的声音在林中回荡。车

夫的心中只有一个念头：无论如何也要把车推上坡去。

终于，在车夫不懈的努力下，车子缓缓地爬上了坡顶。而那只狡猾的狼，也趁着这个机会，从车夫的屁股上咬下一块肉，然后得意扬扬地叼着"战利品"逃进了树林中。车夫这时才敢停下来，虽然疼痛难忍，心中却也有一丝庆幸——至少命保住了。

罗刹海市

马骥，字龙媒，风度翩翩、仪态优雅。他十四岁就考中了秀才，喜欢唱歌跳舞，经常和梨园弟子一起演戏，扮成美丽的旦角，大家都说他比女孩子还要好看，于是他就有了个雅号叫"俊人"。

马骥的父亲年纪渐渐大了，他担心儿子光读书不能养活自己，就对马骥说："儿啊，书本上的知识虽好，但生活还得靠实实在在的本领。不如你跟我学做生意吧。"马骥答应了父亲，开始学习做买卖。

一天，马骥跟人到海外经商，不料途中遇到

了狂风暴雨,船被吹到了一座都市。这里的人都丑得出奇,他们看到马骥来了,吓得大喊大叫,以为他是妖怪,纷纷逃跑。马骥一开始也吓了一跳,但很快他就明白了,这些人是因为没见过他这样的长相才害怕的。

后来，马骥进了一个小山村。那里也有相貌像人的，但大多数穿着破旧，像极了乞丐。他们一开始也很害怕马骥，但慢慢地发现马骥并没有伤害他们的意思，就壮着胆子靠近了他。马骥笑着和他们交谈，虽然大家说的话不太一样，但也能懂一些。马骥告诉他们自己的来历，村人们非常高兴，连忙告诉邻居们，这个新来的客人其实是个好人，不会吃人。

马骥问他们怕自己的原因，村人回答说："曾听说，由此往西二万六千里，有一个中国，当地人民的样子大多长得非常奇怪。但只是听说，今天才相信这是真的。"马骥问他们为什么穷，村人回答说："我国最看重的是外表，长得最美的人可以当大官，次一点儿的也能得到贵人的喜爱，生活得很好。而像我们这样长相平凡甚至有点丑的人，常常被抛弃或看不起。"马骥了解到，这个国家叫大罗刹国，都城就在以北三十里处。

马骥对这个新奇的国度充满了好奇，他请求村人们带他去都城看看。于是，天还没亮，村人们就带着马骥出发了。

天大亮后，马骥和村人们来到了都城。都城的城墙是用黑黝黝的石头砌成的，看上去就像是用墨水涂过一样。城墙里的楼阁高耸入云，但奇怪的是，这些楼阁的屋顶上不是铺着瓦片，而是覆盖着红石。马骥好奇地捡起一块红石碎块，在指甲上轻轻磨了磨，颜色和丹砂一样鲜艳。

这时，宫里刚好退朝，一辆装饰着华丽伞盖的车子缓缓驶出。村人们兴奋地指着说："看，那就是我们的相国！"马骥仔细一看，相国的长相可真是奇特,双耳都长反了,有三个鼻孔,长长的睫毛遮住了眼睛,就像挂了两道帘子。接着,又有几位骑马的大官走出来,村人们一一告诉马骥他们的官职。

这些大官们的长相也是一个比一个怪异,不过职位越低,长相也就越不那么吓人了。

马骥在都城逛了一圈,准备回家时,却发现街上的人们一见到他就吓得大喊大叫,慌慌张张地逃跑,好像遇到了什么可怕的怪物。还是村人再三解释,街上的人们才敢在远处站定,好奇又害怕地看着马骥。

回到村里,马骥成了大家口中的"异人",许多士绅官宦都争着想见见他。于是,村人们就帮忙邀请马骥去他们家做客。可是马骥每到一家,看门的人总是吓得赶紧关上门,男男女女都偷偷地从门缝里偷看议论，一整天过去了，也没人敢接见马骥。

村人们想了想，说："这里有个执戟郎，他以前经常出使外国，见过很多世面，或许不会害怕你。"马骥就跟着村人们去拜访了执戟郎。执戟郎一见到马骥就非常高兴，热情地招待了他。执戟郎长得像个八九十岁的老人，眼睛鼓鼓的，胡子卷卷的，像个刺猬。

执戟郎说："我年轻时去过很多地方，但就是没去过中国。现在我能见到来自上国的人物，真是太高兴了！我一定要把这件事告诉国王。"

在执戟郎家里，马骥还看到了许多奇怪的歌姬舞女，她们长得像夜叉一样，穿着美丽的衣服，跳着奇怪的舞蹈。马骥也给执戟郎唱了自己国家的歌曲，执戟郎听得入迷了，说这是他听过的最美妙的歌声。

第二天,执戟郎前往朝廷,把马骥推荐给国王。国王因为听两三个大臣说马骥长得古怪,恐怕使自己受惊,就没有接见他。执戟郎出宫告知马骥,表示深为惋惜。

过了好些日子,马骥和执戟郎成了无话不谈的好朋友。有一天,他们喝酒喝得特别开心,马骥就拿起剑来,翩翩起舞,还突发奇想,用炭灰把自己的脸涂黑,扮起了古代的大英雄张飞。

执戟郎一看,哈哈大笑说:"哎呀,你这样子可真威风。要是以张飞的面貌去见宰相,他肯定会重用你,到时候你就能享受荣华富贵了。"马骥摇摇头说:"这可不行,我只是随便玩玩,怎么能为了当官就改变自己的样子呢?"但执戟郎坚持说这是个好主意,马骥只好答应了。

于是，执戟郎特意准备了宴席，邀请执政要员来喝酒。他让马骥提前画好张飞的脸，等着给大家一个惊喜。

没过多久，执政要员陆陆续续地来了，执戟郎就悄悄地把马骥叫出来。执政要员一看，都惊讶地说："哎呀，这不是那个异人吗？怎么变得这么英俊了！"他们拉着马骥一起喝酒，聊得特别开心。马骥还跳起了舞，唱起了家乡的戏曲，大家都被他的才艺迷住了。

第二天，执政要员纷纷向国王推荐马骥，说他是个人才。国王一听，非常高兴，立刻派使者带着礼物去请马骥进宫。国王问马骥中国的治国安邦之道，马骥都一一回答，国王听得连连点头，对马骥赞不绝口。国王还在宫里设宴款待马骥，他们边吃边聊，非常开心。

国王听说马骥会唱歌跳舞，就让他表演一下。马骥想了想，就学着之前见过的歌姬舞女的样子，用白锦缠住头，唱起了轻柔的歌曲。国王听得非常高兴，当场就封马骥为下大夫，让他留在宫里。

可是，时间一长，宫里的官员们开始发现马骥的秘密，他们觉得马骥的样子有点不对劲，总是背地里议论纷纷。

马骥感觉到自己越来越孤单，心里很不安。

于是，他鼓起勇气向国王请求辞官回家，但国王没有同意。他又请求休假一段时间，国王终于答应了，给了他三个月的假期。

马骥带着国王赏赐的黄金和珠宝，坐着驿车回到了山村。村人们看到马骥回来，都高兴地跪在地上迎接他。马骥把带回来的钱财分给了村里的朋友们，大家欢呼雀跃，庆祝马骥的归来。

保住

平西王吴三桂为了鼓励将士们更加勇敢,曾宣布了一个奖励:谁能独自抓住一只凶猛的老虎,就能得到很多奖赏,还能得到一个特别响亮的称号——"打虎将"。

将士中有一人名叫保住,不仅力大无穷,而且身手敏捷,就像山里的猿猴一样灵活。他听说后,心里暗暗下定决心,要成为那个最勇敢的打虎将。不过,这次的故事不是讲他打老虎,而是讲他怎样用智慧和勇气完成了一个不可能的任务。

平西王有一座非常漂亮的王府,里面正在建一座高楼。保住看到工匠们忙碌地搭着大梁和木檩，他突然灵机一动，沿着楼角就爬了上去，就像爬树一样轻松。他站在高高的屋脊上，来回走了好几趟，就像走在平地上一样稳当。最后，他轻轻一跃，笔直地落在了地上，大家都看得目瞪口呆，佩服得不得了。

平西王有一个爱姬，她弹琵琶弹得特别好听。这个琵琶可不一般，它的弦枕是用暖玉做的，抱在怀里，整个屋子都会变得暖暖的。爱姬非常珍惜这把琵琶，没有平西王的手谕，她从不拿给别人看。

有一天晚上，王府里来了很多客人，大家聚在一起喝酒聊天。客人们听说琵琶妙不可言，都想看看。适值平西王犯懒，答应明天再看。这时，保住站了出来，他自信满满地说："不用王爷的命令，我也能把琵琶拿来给大家看。"

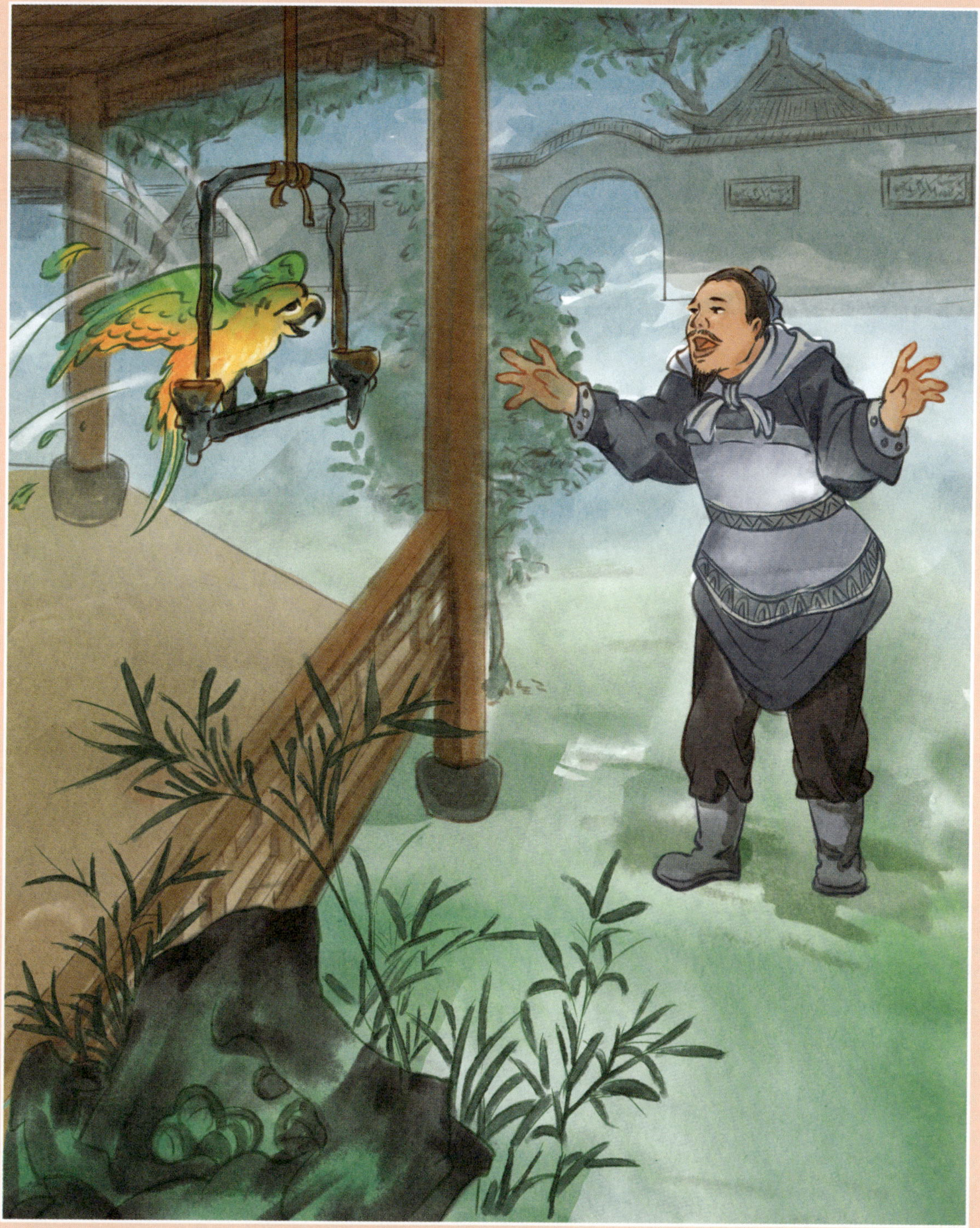

平西王听了,觉得很有趣,就决定让保住试试。他让王府里的人都做好准备,防止有意外发生。然后,保住就出发了。他像一只灵巧的小猫,轻松地跳过了一道又一道院墙,来到了爱姬住的院子。

只见屋里灯火通明,但门是关着的。保住看到走廊上有一只鹦鹉,正悠闲地站在架子上。他灵机一动,开始学猫叫,然后又学鹦鹉叫,还大声喊:"猫来啦!猫来啦!"鹦鹉吓得扑腾起来,爱姬听到声音,连忙说:"绿奴,快去看看,鹦鹉被扑死啦!"

就在绿奴开门出去的那一刻,保住迅速闪进了屋子。他看见爱姬正守着那把珍贵的琵琶,就悄悄地走过去,拿起琵琶就往外跑。爱姬发现后大喊:"有贼呀!"守卫们立刻追了出来,但保住已经抱着琵琶跑得无影无踪了。

守卫们放箭追他，但保住就像一只飞鸟，在树间跳来跳去，箭都射不到他。他一会儿在树梢上穿行，一会儿又在屋顶上飞奔，最后竟然像长了翅膀一样，飞到了王府的高楼上。客人们正在喝酒，突然看到保住抱着琵琶从天而降，都惊讶得说不出话来。

促织①

明朝宣德年间，皇宫中盛行斗蟋蟀的游戏，每年都向民间征收蟋蟀。但是，蟋蟀并不是每个地方都有的，尤其是陕西那里，并不盛产蟋蟀。

有位华阴县令非常想讨好上司，就进献了一只特别厉害的蟋蟀。这只蟋蟀在斗场上大显神威，让皇帝龙颜大悦。于是，皇帝就下令，以后每年华阴县都要进贡蟋蟀给皇宫。

这个命令下来后，可苦了华阴县的百姓们。县令把这个任务交给了里正，也就是管理村里事务的人。但是，里正又狡猾地把这个差事推给了村里的其他人。就这样，大家你推我，我推你，最

①促织，即蟋蟀。

后推到了一个叫成名的人身上。

　　成名是个老实人,平时话不多,也没什么本事,只想着好好读书考个功名。但是,因为他为人迂腐,就被那些狡诈的差役欺负,让他来承担里正的差事。这下可好,他不仅没时间读书了,还要负责找蟋蟀给皇帝。

成名心里可愁了,他知道自己根本找不到那么多好的蟋蟀。但是,他又不敢违抗命令,只好每天早出晚归,拿着竹筒和笼子,在村里的每个角落找蟋蟀。他翻石头,挖洞穴,累得满头大汗,可还是找不到满意的蟋蟀。

县令看成名交不上蟋蟀,就生气地打他板子,还限定了时间让他必须找到。成名被打得皮开肉绽,心里难过极了。他躺在床上,想着自己这么辛苦还是没能完成任务,就想一死了之。

这天,村里来了一位驼背的老巫婆,据说她能与神灵沟通,预知未来。成名的妻子听说后,决定去求巫婆指点迷津。到了巫婆家,成名的妻子按照规矩,恭敬地献上礼物,点香行礼。等待片刻后,一张纸条轻轻飘落在地。她捡起来一看,却愣住了,因为上面没有字,而是一幅画:画中有座美丽的楼阁,像是寺庙;后面是一座小山,山下怪石嶙峋,荆棘丛生,一只青绿色的蟋蟀正静静地伏在那里,旁边还有一只跃跃欲试的蛤蟆。

成名妻子虽然不解其意,但看到画上的蟋蟀,心中涌起一丝希望。她小心翼翼地把画折好,带回家给成名看。成名仔细端详后,心中一动,觉得这画中的景象似乎与村东的大佛阁有些相似。于是,他勉强起身,拄着拐杖,带着画来到寺院后面。那里果然如画中所绘,古墓林立,乱石成堆。成名沿着墓地慢慢寻找,耳朵竖得直直的,生怕错过任何一丝声响。他找得满头大汗,几乎要放弃了,就在这时,一只癞蛤蟆突然从草丛中跳出来,吸引了他的注意。

成名连忙跟上去,只见癞蛤蟆跳进了一片杂草丛中。他拨开草丛仔细寻找,突然眼前一

亮——一只蟋蟀正静静地伏在草根上!他小心翼翼地扑过去,但蟋蟀敏捷地钻进了石缝里。成名没有放弃,他找来一根细草,轻轻拨弄着石缝,又往里灌了些水。终于,蟋蟀一跃而出。成名眼疾手快,一把抓住了这只蟋蟀。只见它身形很大，双尾修长，青色的颈项，金黄的翅膀。成名激动极了，他知道这一定是只难得的好蟋蟀！

他把蟋蟀带回家中，全家人都围了过来，比得到价值连城的大璧玉还要高兴。他们把蟋蟀放在土盆中喂养，给它吃雪白的蟹肉、金黄的栗子……成名更是小心翼翼地照顾着它，希望能在交差的期限前让它更加强壮。

成名有个九岁的儿子，他趁着父亲外出，好奇地打开了那个盆。只见一只机灵的小蟋蟀一跃跳出盆来，速度快得没法捉。儿子兴奋地想去抓住它，却不慎让小蟋蟀受了伤，不一会儿，小蟋蟀就静静地躺在他的手心，再也不动了。

儿子害怕极了，眼泪像断了线的珠子一样滚落下来。他哭着去找母亲，母亲听了事情的经过，严厉地说:"你怎么能这么不小心呢?你爹回来肯定会生气的。"儿子听了,心里更加害怕了,哭着跑出了家门。

不久,成名回到家,听到妻子的讲述后,他的心仿佛被冰雪冻住了一般。他急忙出门去找儿子,可找遍了整个村子也不见儿子的踪影。后来,他在井中找到了儿子的尸体,哭得几乎晕死过去。天快黑时,成名打算把儿子草草埋葬了事。他走近一摸,发现儿子还有微弱的呼吸,赶紧抱起儿子,跑回家中,小心翼翼地放到床上。

半夜里,儿子奇迹般地醒了过来,只是神情呆呆的,总想睡觉。夫妻俩看着儿子,心中的大石终于落地,但想到那只死去的小蟋蟀,成名的眉头又紧锁起来。不过,他看到儿子虚弱的样子,还是忍住了没有责备。

第二天清晨,成名还呆呆地躺在床上,心里满是忧愁。突然,门外传来清脆的蟋蟀叫声,他赶紧起身,循着声音找去。

只见一只小巧玲珑的蟋蟀正停在门槛上,它黑中带红的外壳在阳光下闪着光,梅花翅膀轻轻扇动,显得格外引人注目。

成名小心翼翼地靠近,生怕惊扰了这位"不速之客"。他轻轻地伸出手去,想要捉住它。可这只小蟋蟀非常机敏,轻轻一蹦就跳开了。成名紧追不舍,几次险些抓住,却又让它从指缝间溜走。最后,小蟋蟀似乎玩累了,跳到了成名的衣襟衣袖之间,静静地望着他。

成名仔细一看,这只小蟋蟀虽然体形不大,但神态自若,威风凛凛。于是,他高兴地把小蟋蟀捉进笼子里,准备献给官府。

在交蟋蟀之前，成名心里有些忐忑不安。他担心这只小蟋蟀无法让官府满意，但又舍不得放弃这个难得的机会。最后，他决定先让它试斗一回，看看小蟋蟀的实力如何。

村里有个年轻的小伙子，他特别喜欢斗蟋蟀，养了一头名叫蟹壳青的蟋蟀，因为体形庞大，每次斗蟋蟀蟹壳青都能赢。他梦想着靠蟹壳青发财，但因为他要价太高，一直没人愿意买。

他听说成名家也有一只蟋蟀，就兴冲冲地跑到成名家想看个究竟。他一看成名的小蟋蟀，忍不住笑了出来，觉得它太小了，根本没法儿和自己的蟹壳青比。可成名想试试，于是两人决定来一场斗蟋蟀的比赛。

比赛开始了，成名的小蟋蟀一开始一动不动，好像很害怕的样子。年轻人得意极了，用猪

鬃去逗它，可小蟋蟀还是不动。年轻人笑得更欢了，心想这下赢定了。就在这时，小蟋蟀突然发怒了，它猛然扑向蟹壳青，两只蟋蟀开始了激烈的搏斗。只见小蟋蟀灵活跳跃，勇敢地咬住了蟹壳青的颈部。

年轻人惊呆了，连忙把它们分开。这时，小

蟋蟀骄傲地鸣叫起来,好像在向主人报捷。

正当两人观赏小蟋蟀时,一只大公鸡突然跑来,上前便啄。成名吓得大喊大叫,幸好小蟋蟀机灵地跳开了。

公鸡紧追不舍,眼看就要追上时,小蟋蟀竟然跳到了公鸡的鸡冠上,紧紧咬住不放。成名惊喜万分,赶紧把小蟋蟀捉进了笼子里。

第二天,成名带着小蟋蟀去见县令。县令一开始嫌它太小,不肯接受。但成名坚持说它很厉害,县令半信半疑地试了试。

结果,其他蟋蟀都被小蟋蟀打败了。县令大吃一惊,高兴地奖赏了成名,并把小蟋蟀献给了巡抚。

巡抚也非常喜欢这只小蟋蟀,又把它献给了皇上。在皇宫里,小蟋蟀与全国各地进献的名贵蟋蟀斗了个遍,没有一个是它的对手。更神奇的是,它还能随着琴瑟的声音跳舞,赢得了所有人的赞赏。

皇上非常高兴,重重奖赏了巡抚和县令,县令也因此提拔了成名,让他进了县学。过了一年多,成名的儿子精神恢复了,他说自己曾变成蟋蟀,敏捷善斗,至今才苏醒过来。

龙无目

午后,沂水县的天空突然变得阴沉沉的,不一会儿,豆大的雨点就像断了线的珠子,噼里啪啦地落了下来。

就在这场大雨即将停歇的时候,一个惊人的消息传遍了整个县城——天上竟然掉下来一条龙!这可不是普通的龙,它全身覆盖着闪闪发光的鳞片,但奇怪的是,它没有双眼,躺在泥泞中,奄奄一息。

县令大人听说了这件事,立刻带着手下的人匆匆赶来。为了保护好这位来自天界的客人,县令命人找来八十张宽大的席子,一张接一张地覆

盖在龙的身上,就像给它穿上了一件温暖的衣裳。可是,这龙的身躯实在是太庞大了,即便是八十张席子叠加起来,仍不能遮盖它的整个身躯。

县令心想:"不能让这位尊贵的客人受委屈!"于是,

他又下令在野外举行了一场隆重的祭祀仪式,祈求上天保佑这条龙早日康复,重返云霄。

就在这时,奇迹发生了。那条无目龙轻轻地摆动着尾巴,每一次拍打地面都发出嘭嘭的声响,那声音听起来既像是在回应人们的祈祷,又像是在表达着感激之情。

雨钱

滨州城里住着一位秀才,他每天都沉浸在书斋的墨香中。这天,秀才正低头读书,突然听到一阵轻轻的敲门声。他好奇地放下书本,起身开门,只见门外站着一位白发苍苍的老翁,看起来古雅又慈祥。

秀才连忙请老翁进屋,询问他的姓名。老翁微微一笑,说:"我名叫胡养真,其实我是个狐仙。久闻你学识渊博,性情高雅,特地来与你结为朋友,共同探讨学问。"秀才一听,心里既惊讶又高兴,因为他一向心胸开阔,并不害怕这些奇异之事,于是欣然接受了这份特殊的友谊。

从那以后,老翁就成了秀才书斋的常客。他们一起谈古论今,从诗词歌赋到天文地理,无所不谈。老翁的学识渊博,他讲起话来文采飞扬,就像是用最美丽的花朵和彩绸编织成的画卷,让人听得如痴如醉。秀才每次听完都赞叹不已,觉得自己的学问还差得远。

有一天,秀才鼓起勇气,对老翁说:"您对我这么好,可是我家里实在太穷了。如果您能帮我变些钱来,那该多好哇!"老翁听了,沉默了一会儿,然后笑着说:"这不难,但需要一点小小的'引子'。"秀才连忙问是什么,老翁说:"只要十几枚钱作本钱就行。"秀才按老翁说的办了。

老翁带着秀才走进一间密室,他闭上眼睛,嘴里念念有词,好像在念什么咒语。突然,秀才听到一阵叮叮当当的声音,抬头一看,天哪!有数十百万枚钱像雨点一样从房梁上落下来,密密麻麻,很快就堆成了小山。秀才兴奋得差点跳起来。

当老翁问他是否满意时,秀才克制住自己,说:"够了,够了。"老翁轻轻一挥手,钱就不再落下。他们锁好门,一起走了出来。

秀才心里美滋滋的,想着自己终于可以不用为钱发愁了。过了一会儿,秀才来到密室取钱,却发现那些钱都不见了,只剩下那十几枚"引子"孤零零地躺在地上。秀才顿时像泄了气的皮球,失望极了。他怒气冲冲地去找老翁,责怪他欺骗自己。

老翁听了秀才的话,脸色变得严肃起来。他说:"我与你相交,是看重你的才华和品德,并非为了帮你做违法之事。你若真想改变命运,应当靠自己的努力和才华去争取,而不是靠这种旁门左道。假如要合你的意,或许该去找那些专门做坏事的盗贼。我绝不做此等事!"说完,老翁便转身离去。

龙取水

山东人徐东痴喜欢探险和听故事。有一天，他决定去南方旅行，看看那里的山山水水，还有那些只在故事里听过的奇闻异事。

当徐东痴的小船停泊在一条宽阔的江岸边时，已经是傍晚，天边还挂着几朵绚烂的晚霞。他坐在船头，悠闲地望着江面。

就在这时，天空中突然飘来一朵厚厚的云。紧接着，从云层中探出一条长长的、闪闪发光的苍龙。这条龙的眼睛像两颗明亮的宝石，身体覆盖着闪闪发光的鳞片，看起来既威严又神秘。

苍龙缓缓地降低身姿，它的尾巴轻轻地垂入

江水中。接下来的一幕,简直让徐东痴看呆了——龙尾开始在水中搅动,就像一位优雅的舞者在水面上旋转。随着龙尾的舞动,江水仿佛被赋予了生命,一波接一波地涌起,越来越高,最后竟然跟着龙身一起向上攀升，就像是一条巨大的水柱，在夕阳的映照下闪烁着耀眼的光芒。

徐东痴瞪大了眼睛，他从未见过如此壮观的景象。他看见那水光闪烁，比十二丈白绢还要宽阔，美得让人心醉。

过了一会儿，苍龙似乎完成了它的任务，它轻轻地收回尾巴，江水也随之平静下来，仿佛一切都没有发生过一样。但就在这时，天空突然变得阴沉起来，紧接着，豆大的雨点倾盆而下，雨水迅速填满了沟渠道路。

徐东痴站在船头，任由雨水打湿衣裳。他知道，自己刚刚亲眼见证了龙取水。

小猎犬

山西人卫周祚大学士还是秀才的时候,因厌烦日常琐碎事务,便搬到附近的寺庙里,希望能找个清静的地方专心读书。寺庙里虽然环境清幽,却有个让他头疼不已的问题——那就是蚊子、臭虫和跳蚤多得吓人,害得他晚上总是睡不好觉。

有一天,卫周祚吃完饭后,懒洋洋地躺在床上休息。就在这时,他看到一个只有两寸高的小武士,头上插着五彩斑斓的雉尾羽毛,骑着一匹比蚂蚱大不了多少的小马,手臂上套着青色的皮臂衣,上面还站着一只只有苍蝇那么大的猎鹰。这个小武士在房间里灵活地跳跃着,像是在巡逻。

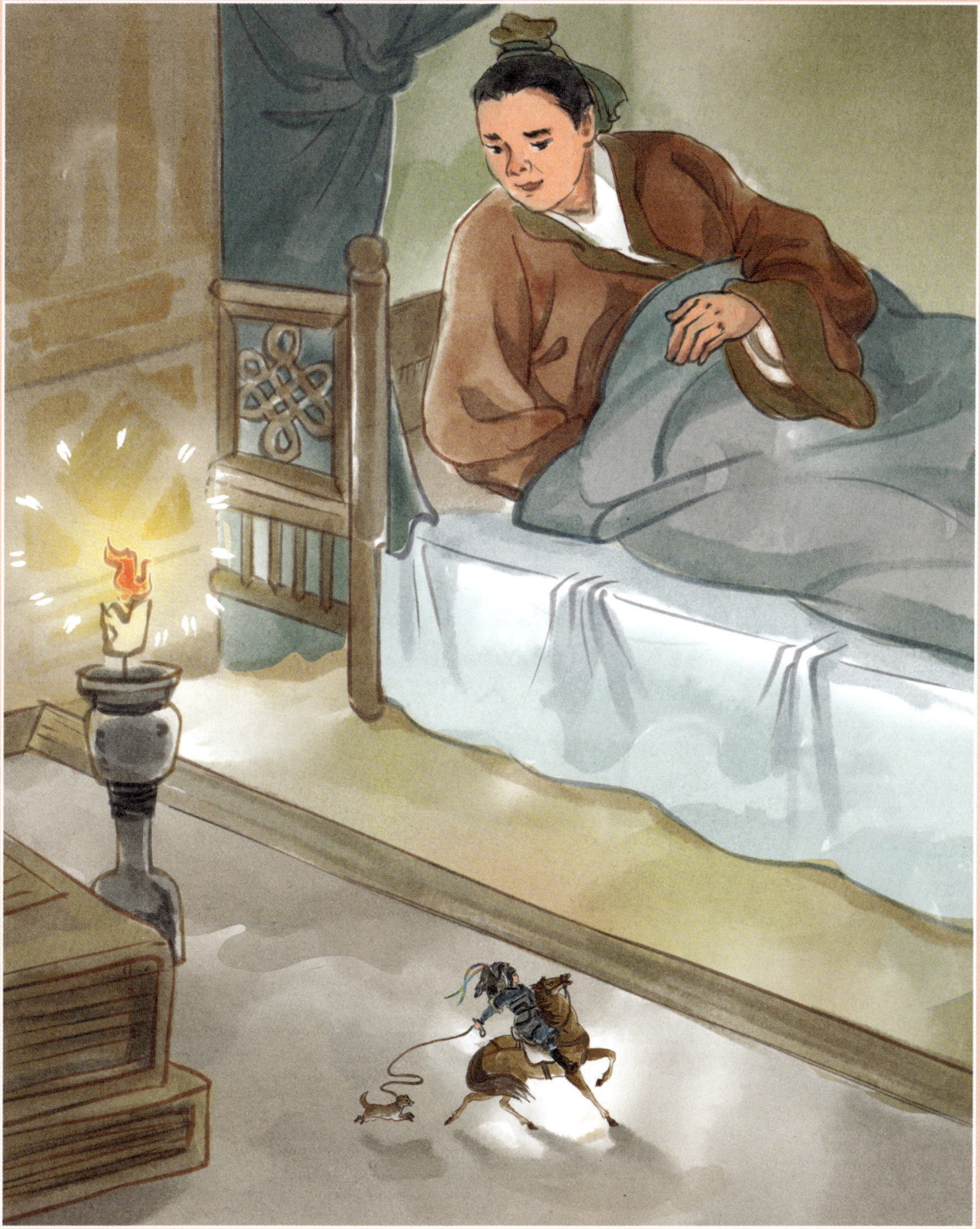

紧接着,又一个穿着相同装束的小人儿走了进来,他腰间挂着小小的弓箭,手里牵着一只蚂蚁大小的猎犬,看起来既威风又可爱。不一会儿,房间里就热闹起来了,成百上千的小武士骑着小马,带着猎鹰和猎犬,纷纷赶来。只要看到有蚊子或苍蝇飞起来,小猎鹰就会嗖的一下飞出去,将它们一网打尽;那些小猎犬爬上床沿,钻进墙壁缝隙,连最会躲藏的臭虫和跳蚤都逃不过它们的眼睛和鼻子,没多久,房间里就恢复了宁静。

卫周祚看得目瞪口呆,又怕惊扰了这些小家伙,只好假装睡着,偷偷地斜眼观察。他惊奇地发现,就连自己的身上也停满了小猎鹰和小猎犬,它们忙忙碌碌地帮他清除身上的小虫子。

随后又来了一位穿着黄色长袍,头戴平天冠的"小人国王",他坐在另一张榻上,身边围满了

进献猎物的小武士。不久后,国王和他的队伍就乘着小巧的车马,在一片烟尘中消失得无影无踪。

卫周祚被这一幕深深吸引,他穿上鞋子悄悄出门察看,却发现外面一片寂静,什么都没有留下。回到房间,他发现从壁砖上落下一条小猎犬。他小心翼翼地把小猎犬捧起来,发现它非常温顺。

卫周祚把小猎犬放在盛砚台的匣子里,仔细观察它的每一个细节：它身上的茸毛细密柔软，脖子上还挂着一个小巧的项圈。尽管他尝试用饭粒喂它，但小猎犬只是闻一闻就走开了，它更喜欢在床上的衣缝间寻找并消灭那些恼人的小虫子。

从那以后，小猎犬就成了卫周祚最亲密的伙伴。无论卫周祚走到哪里，小猎犬都会跟在他身边，保护他不受蚊虫侵扰。可有一天午睡时，卫周祚不小心翻身压到了小猎犬，等他惊觉时，小猎犬已经被压扁了，就像一张薄薄的纸片。卫周祚伤心极了。不过，从那以后，他的房间里再也没有出现过任何虫子。

蛙曲

京城里发生了一件特别有趣的事情。

一天，阳光明媚，市集上人来人往，热闹非凡。就在这时，一位穿着古怪、面带神秘笑容的老爷爷吸引了大家的注意。

他手里提着一个精致的木盒子，这个盒子可不简单，它分成十二个小格子，每个格子里都藏着一只活泼可爱的小青蛙。

小朋友们看到这一幕，都好奇地围了上来，眼睛瞪得圆圆的，生怕错过任何精彩。老爷爷笑眯眯地看着大家，然后轻轻地从口袋里拿出一根细细的小木棍，开始了他的表演。

"小朋友们,看好了!"

老爷爷说着,用小木棍轻轻地敲了敲第一个格子里的青蛙的脑门儿。奇妙的事情发生了,那只小青蛙呱地叫了一声,声音清脆悦耳,就像在跟大家打招呼。小朋友们听了,都兴奋地拍手叫好。

接着，老爷爷又敲了敲第二个格子、第三个格子里青蛙的脑门儿……每敲一下，就会有不同的小青蛙发出呱呱的叫声，它们好像在合奏一首美妙的曲子。小朋友们听得入了迷。

当有人给老爷爷一些铜板作为赏钱时，老爷爷脸上的笑容更加灿烂了。他拿起小木棍，开始快速地、有节奏地敲击那些小青蛙的脑门儿。这下，小青蛙们的叫声变得既复杂又和谐，就像有人在敲云锣一般，发出悠扬动听的旋律。

鼠戏

长安街市上有一个非常特别的卖艺人,他不像其他人那样卖糖果或玩具,而是表演一种叫作"鼠戏"的神奇节目。

这位卖艺人总是背着一个鼓鼓囊囊的大袋子,里面藏着十几只机灵可爱的小老鼠,它们可是这场演出的主角。

每当街市最热闹的时候,这位卖艺人就会找一块空地,从袋子里拿出一个小巧精致的木架子,轻轻地放在自己的肩上。这个木架子看起来就像一座微型的戏楼,有屋檐、有栏杆,精致极了。小朋友们看到这一幕,都纷纷围了过来,好奇地瞪大眼睛。

卖艺人见大家都过来了,便开心地拍击鼓板和节拍器,开始唱起古杂剧来。随着歌声的响起,有趣的事情发生了——只见一只小老鼠悄悄地从袋子里探出头来,它戴着小小的假面,穿着用彩布做成的小衣裳,看起来就像一个小戏子。

这只小老鼠灵活地从后背登楼,就像爬楼梯

一样轻松。到了"戏楼"上,它竟然像人一样站了起来,开始随着艺人的歌声和节拍翩翩起舞。它的动作灵活而协调,一会儿转圈,一会儿跳跃,就像在讲述一个动人的故事。

　　更有趣的是,随着戏曲内容的变化,不同的小老鼠会轮流出场。它们或男或女,有的扮演悲伤的离别,有的扮演欢乐的团圆,每一个场景都与戏曲中的情节紧密相连。

赵城虎

赵城有位老太太,七十多岁,膝下只有一个宝贝儿子。不幸的是,有一天,她的儿子进山被一只凶猛的老虎吃掉了。老太太得知消息后,心如刀绞,哭得几乎要昏过去,她决定去找县官大人,希望能为儿子讨个公道。

县令听了老太太的哭诉,虽然心里也很难过,但笑着对她说:"老虎是山林之王,我们怎么能用人间的官法去制裁它呢?"老太太听了,哭得更伤心了,眼泪像断了线的珠子一样往下掉,谁劝都劝不住。县令见老太太如此可怜,又心疼她年岁已高,便决定帮助她,答应要捉住那只老虎。

老太太听了县令的话,这才稍微安心了一些,但她坚持要等捉虎的公文正式下达才肯离开。县令无奈,便问各个差役,谁能前去捉虎。这时,一个名叫李能的差役,他刚好喝醉了酒,摇摇晃晃地走到县令面前,大声说道："我能去捉虎！"县令见他主动请缨，便让他领了公文。老太太见有了希望，这才含泪离去。

然而，李能酒醒后就开始后悔了，他以为县令只是说说而已，没想到真的要他去捉虎。但他已经领了公文，只好请求行文召聚猎户服役。县令同意了。猎户们日夜潜伏在山林里，希望能捉到一只老虎，可一个多月过去了，连老虎的影子都没见到。李能因此挨了不少板子，心里委屈极了。

绝望之中，李能决定去东郊的山神庙求神拜佛。他跪在神像前，痛哭流涕地诉说着自己的遭遇。就在这时，一只老虎竟然走进了庙里，它看起来并不凶猛，反而很温顺。李能壮着胆子，对老虎说："如果是你吃了老太太的儿子，就低下头来让我绑上。"老虎竟然真的低下了头,让李能轻松地绑住了它。

李能把老虎牵到县衙,县令问老虎:"你是不是吃了老太太的儿子?"老虎点了点头。县令又说:"杀人偿命,这是天经地义的事。而且老太太只有这一个儿子,你让她晚年怎么生活?如果你能代替她的儿子照顾她,我就饶你一命。"老虎又点了点头,好像听懂了县令的话。

于是,县令放了老虎,让它走了。而老太太呢,她没想到第二天清晨,家门口竟然出现了一只死去的鹿。老太太卖掉鹿肉和鹿皮,生活渐渐有了着落。从那以后,老虎经常给老太太送来猎物,有时候还衔来钱财,丢到院子里。

老太太心里明白,这只老虎是在用自己的方式赎罪。她暗暗感激这只老虎,把它当成自己的亲人。每当老虎来时,它都会静静地趴在屋檐下,人畜相安,互不侵犯。

几年后,老太太安详地去世了。老虎得知消息后,来到老太太的灵前,发出阵阵哀吼,像是在为逝去的亲人哭泣。老太太的葬礼办得很体面,族人们用她生前的积蓄操办了一切。坟刚堆好时,老虎突然跑来,吓得宾客纷纷逃散。但老虎并没有伤害任何人,它只是来到老太太的坟前,再次发出悲痛的吼声,然后才依依不舍地离去。

为了纪念这只充满义气的老虎,当地人在东郊建了一座"义虎祠"。直到今天,人们还在讲述这个感人的故事。

螳螂捕蛇

一个姓张的人偶然在溪谷间赶路。走着走着,他突然听到山崖上传来一阵奇怪而尖厉的声音,好像有什么东西在激烈地争斗。他好奇极了,顺着声音找去,发现了一条小路可以登上山崖看个究竟。

他小心翼翼地爬上山崖后,被眼前的景象惊呆了。只见一条巨大的蛇,身体粗得像碗口一样,正在茂密的树丛中挣扎翻滚。它用尾巴猛烈地抽打着旁边的柳树,柳树的枝条一根接一根地折断。但奇怪的是,这条蛇看起来像是被什么东西牢牢地控制着,翻滚跌撞,却总也逃不掉。他瞪

大眼睛仔细看了又看，却什么也没发现，心里充满了疑惑。

他慢慢走到蛇跟前，突然发现在蛇的头顶上，竟然有一只小小的螳螂！这只螳螂虽小，却异常勇敢。它用自己那锋利的前臂，就像两把尖锐的刺刀一样，猛抓蛇的脑袋。无论蛇怎么翻滚扭动，都无法摆脱这只小螳螂的钳制。

时间一分一秒地过去，他屏住呼吸，紧张地观察着这场不可思议的战斗。终于，在螳螂坚持不懈的努力下，那条曾经威风凛凛的巨蛇渐渐失去了力气，最终一动不动了。他走上前去察看，只见蛇的额头上已经被螳螂抓得皮肉破裂。

小人

康熙年间,有一个变戏法的人,他手里提着一个特别的盒子,盒子里藏着一个大秘密——一个只有一尺多高的小人。每当有人给变戏法的人扔钱,他就会打开盒子,让小人出来唱一首曲子,表演完毕后,小人又会乖乖地回到盒子里。

有一天,这人来到掖县。掖县的县令是个好奇心强的人,他听说了小人的事情后,决定要把这个事查个水落石出。于是,他把盒子要下来搬到县衙里。

县令仔细地打量那个盒子,心里充满了疑惑:这么小的人儿,到底是怎么来的呢?他仔细审问

小人的来历。起初小人只是支吾,不肯说真话。在县令的一再追问下,小人终于鼓起勇气,开口讲述了自己的故事。原来,他并不是什么怪物,而是一个普通的读书的小孩。一天,他从学堂回家的路上,遇到了变戏法的人。那人用花言巧语哄骗他,还给他吃了一种奇怪的药。吃完药后,他的身体突然变得非常小，变戏法的人就趁机把他装进了盒子里，当成表演的工具。

县令听完小人的遭遇，非常生气。于是，他下令将变戏法的人抓起来处死。

至于那个小人，县令决定要帮助他恢复原来的样子。他找来了最好的大夫，询问是否有办法让小人变大。但大夫们都摇头表示无能为力，因为他们从来没有见过这样的病例。

木雕美人

商人白有功给大家讲过一个他亲眼见到的奇妙故事。

在美丽的洙河口边,有个人背着一个大大的竹箱子,手里还牵着两条威风凛凛的大狗,它们看起来既聪明又听话。

只见那人从竹箱里小心翼翼地拿出一个木雕美人,这个美人可真不一般,她大约有一尺多高,穿着艳丽的衣服,就像从画里走出来的仙女。最神奇的是,她的手脚可以活动,眼睛也能灵活地转动,看起来就像真人一样,美丽极了。

接着,那人给大狗披上一个小巧精致的锦缎

鞍垫,然后轻轻地把木雕美人放在狗背上,让她稳稳地坐好。一切准备就绪后,那人对着大狗说了几句话,大狗立刻撒开四蹄,欢快地奔跑起来。

这时,木雕美人竟然自己站了起来,随着大狗的奔跑,她开始表演起精彩的马戏来。她时而轻巧地踩着脚镫子,优雅地躺到狗腹下;时而又像滑滑梯一样,从狗腰滑到狗尾,再猛然一跃,稳稳地落回狗背上。她还会跪拜、站立,每一个动作都那么流畅自然,毫无差错。

更精彩的是,那人又拿出一个木雕男童来。这个男童戴着插有野鸡翎子的帽子,穿着暖和的羊皮衣,骑在另一条大狗上,紧紧跟在木雕美人的后面。木雕美人不时回头,木雕男童扬鞭追赶,这一幕,真是栩栩如生。

农人

有位农夫每天都会到山脚下的地里除草,他的妻子总是用陶罐装着香喷喷的饭菜,送到田间给他吃。

有一天,农夫像往常一样吃完饭后,把陶罐随意放在了田垄旁边。可到了傍晚,他惊讶地发现陶罐里的剩饭不见了。连着几天都是这样,农夫心里纳闷儿极了,决定悄悄看个究竟。

第二天,他假装继续除草,斜着眼睛偷偷瞄向陶罐那边。不一会儿,一只狐狸悄悄靠近陶罐,好奇地把头伸了进去。农夫见状,轻手轻脚地拿起锄头,使劲一挥!狐狸吓得跳了起来,陶罐却牢

牢地套在了它的头上，怎么也取不下来。狐狸跌跌撞撞地逃跑，一不小心绊倒在地，陶罐碎了，它这才得以脱身，飞快地逃进了山林里。

时间过得飞快，转眼间几年过去了。山南边有个大户人家，家里有个美丽的女儿，总是被一只狐狸骚扰，害得她晚上睡不好觉，白天也没精神。家人请来道士画符驱邪，可一点儿用也没有。狐狸还得意地说："区区符咒，能奈我何？"

女儿灵机一动，假装对狐狸说："你的本事真大，我好佩服你！不过，你有没有什么害怕的东西呢？"狐狸想了想，说："我什么都不怕。只是几年前在北山时，我曾到田边偷吃东西，差点儿被一个拿歪脖子武器的农夫打死，那件事让我至今还在害怕。"

女儿把这话告诉了父亲，父亲决定找到那位农夫来帮忙，但是不知姓名、住址，也没处打听，恰巧仆人因事来到山村，向人偶然提起此事。旁边一人惊讶地说："这与我往年的经历正好相同。"仆人感到诧异，回去告诉了主人。主人非常高兴，立即派仆人去请农夫。

农夫来到大户人家，听了事情的经过，笑着说："那人确实是我，但我也不确定是不是同一只狐狸。再说，它现在都能作怪了，哪会怕一个农夫呢？"不过，在大户人家的再三请求下，农夫还是决定试一试。

农夫换上了当年的装扮，拿着锄头走进屋子。他大声喝道："你这狡猾的狐狸，我找你很久了！今天看你往哪儿跑！"话音刚落，屋里就传来了狐狸的哀叫声。农夫假装生气极了，狐狸吓得连连求饶。最后，农夫说："这次就饶了你，快走吧！"

从那以后，狐狸再也没有来骚扰过那户人家。

狮子

暹逻国来进贡狮子,每到一处,前来围观的人就多得像一堵墙,大家都想亲眼看看这来自异国的神奇生物。

这只狮子的形状与世间流传的、绣的、画的可大不一样!它的毛色既不是纯黄也不是纯黑,而是黑黄相间,特别漂亮。每一根毛发都有几寸那么长,看起来威风凛凛。

一天,有人好奇地扔了一只活蹦乱跳的鸡到狮子面前,想看看狮子会有什么反应。

只见狮子不慌不忙,先伸出它的爪子把鸡抓起来团成一坨,然后做了一个特别有趣的动作——

对着鸡轻轻地吹了一口气。这一吹可不得了,只见鸡的羽毛就像被风吹落的树叶一样,哗啦啦地全掉了下来,露出光溜溜的身体,而狮子身上的毛一根都没少,真是奇妙极了。

围观的人们都瞪大了眼睛,张大了嘴巴,惊讶得说不出话来。

义 犬

潞安府某人的父亲不幸陷身牢狱，眼看就要被判处死刑。他心急如焚，决定用自己所有的积蓄——整整一百两银子，到府里去疏通关系，希望能找到一线生机。

清晨，他骑上骡子，踏上了前往府城的路。他刚迈出家门，家里那只忠诚的黑狗就跟了上来，仿佛知道主人此行的不易，想要陪伴左右。他呵斥黑狗回去，但黑狗固执地跟在他身后，无论怎么赶都不肯离开。就这样，黑狗随行了数十里。

他实在没办法，只好在路边停下，捡起石子儿打黑狗，想把它吓唬回去。黑狗虽然被吓得跑开了几步,但很快就又跑了回来,围着骡子转圈,还时不时地咬骡子的尾巴和蹄子,像是在阻止他继续前行。这人生气了,用鞭子抽打黑狗,可黑狗叫得更凶了,甚至跳到骡子前面,用尽全力去咬骡子的头,那眼神充满了焦急和担忧。

他心里咯噔一下,觉得这不是什么好兆头,但他更担心父亲的安危,于是更加坚定地调转方向骑着骡子往回赶黑狗,见黑狗已经远远地落在后面,这才放心地加快了速度。

抵达潞安府时,天色已晚,等他去摸腰间的钱袋时,却发现钱袋轻了许多,一检查,竟然丢了一半的银子!他惊得满头大汗,心里既害怕又懊悔。那一夜,他躺在床上辗转反侧,怎么也睡不着。突然,他想起了黑狗之前的异常行为,心中涌起一种不祥的预感。

第二天一早,城门刚开,他就迫不及待地出了城,沿着来时的路仔细寻找。他心里明白,这是一条繁忙的交通要道,找到银子的希望渺茫,但他还是不愿放弃。当他走到昨天跳下骡子的地方时,眼前的一幕让他惊呆了:那只忠诚的黑狗静静地躺在草丛中，已经没有了呼吸，它的毛上都是汗，像被水洗过一般。

他颤抖着手，提起黑狗的耳朵，想要把它挪开。就在这时，他惊讶地发现，黑狗身下竟然压着一包银子，正是他丢失的那一半！原来，黑狗一直跟着他，是为了保护这些银子不被贼人偷走。它用自己的生命，完成了对主人最后的忠诚和守护。

他买来一口棺材安葬了黑狗。人们称安葬黑狗的地方为"义犬冢"。

骂鸭

城西边白家庄某居民,看到邻居家养了一群可爱的鸭子,心里痒痒,想着要是能尝尝那鸭肉该多好哇。于是,他趁着邻居不注意,偷偷捉了一只鸭子回家煮了吃。

那天晚上,他吃完鸭子后,觉得身上痒痒,好像有什么东西在爬。他挠了挠,也没太在意,就睡觉了。可是第二天早上醒来,他惊讶地发现,自己身上竟然长出了一层毛茸茸的鸭毛!这些鸭毛一碰就痛,让他既害怕又后悔。

他知道自己做错了事,但又不知道该怎么办。到了晚上,他做了一个奇怪的梦,梦见有人对他

说:"你这是受到了天罚,因为你的贪心让你变成了这样。想要鸭毛脱落,只有一个办法,那就是让失主,也就是你的邻居老汉,骂你一顿。"

他醒来后,心里七上八下的。他知道邻居老汉是个脾气很好的人,平时丢了东西也不会生气，更不会骂人。这可怎么办呢？他想来想去，决定先试探一下老汉。他假装不经意地说："老汉哪，鸭子是某甲偷的，他最怕别人骂他了。你要是骂骂他，也许能让他以后不敢再偷东西。"

老汉听了，只是笑了笑，说："谁有那么多的闲气去骂一个坏人呢？"

他一听，心里更急了。他知道再这样下去，自己的鸭毛病是好不了了。于是，他鼓起勇气，把真相告诉了老汉，说自己就是那个偷鸭子的人，现在身上长满了鸭毛，痛苦不堪。

老汉听了，先是愣了一下，然后叹了口气，说："你怎么能做出这样的事情呢？不过，既然你已经认错了，那我就按照梦里人的话，骂你一顿吧。但是你要记住，以后可不能再做这样的错事了。"

说完，老汉就严厉地骂了他一顿。他虽然感

到羞愧难当，但也觉得心里的一块石头落了地。说来也怪，当老汉骂完他之后，他身上的鸭毛竟然开始慢慢脱落了。不久之后，他就恢复了原样。

郭生

郭生是淄川东山人。他自小就爱书如命,但因为他住在大山里,找不到老师请教,所以到了二十多岁,写字的笔画还有许多错误。

郭生的家里还住着一位不速之客——一只调皮的狐狸。这只狐狸总爱捣蛋,把家里的吃穿用度弄得乱七八糟。

一天夜里读书时,郭生把书放在案头,书却遭到狐狸的涂抹,有些地方被画得面目全非,字都看不清。郭生于是挑选一些还算干净的书页集中在一起来读,这样便只剩下了六七十首,郭生心里别提有多难受了。更糟糕的是,他好不容易又积存了二十多篇习作，等候请教名流。第二天早上起来一看，又被狐狸用墨汁涂得乱七八糟，郭生气得差点哭出来。

他的好朋友王生因为有事路过东山，特地来看望他。王生看到满屋子的狼藉，听郭生说了自己的遭遇，忍不住笑了。他拿起那些被涂改过的文章仔细看了看，发现其实涂掉的地方大多是些啰唆无用的句子，保留下来的部分反而更加精练。王生惊讶地说："看来这只狐狸还真是你的好老师呢！你不仅不该生气，还应该感谢它才对。"

郭生听了半信半疑，但过了几个月，当他重新审视自己的旧作时，发现那些被涂改的地方确实改得恰到好处。于是，他改写了两篇旧作，并故意放在案头让狐狸"审阅"。果然，第二天一早，文章又被细心地修改过了。就这样，一年多的时

间里,郭生的文章在狐狸的帮助下,越写越好。

终于,那一年,郭生考中了秀才,他高兴极了,认为是狐狸的功劳。他经常摆上待客的饭菜,供狐狸吃喝。每次买来进士的范文名稿,自己都不加选择,只凭狐狸决断。在接下来的两次考试中,郭生都取得了优异的成绩,在乡试中被额外录取为副榜贡生。

不过,好景不长,郭生渐渐发现狐狸也有"犯错"的时候。比如有一次,他把一篇自己觉得很满意的文章放在案头上,结果却被狐狸涂得乱七八糟。他开始怀疑狐狸是不是也会"胡来"。不久后,他听说叶公因端正文风一事被抓了起来，这才想起狐狸之前也曾把叶公的一篇好文章涂掉，心里不禁佩服狐狸的先见之明。

随着时间的推移，郭生越来越自信，他开始觉得自己已经不需要狐狸的帮助了。于是，他不再给狐狸准备食物，还把读本都锁了起来。第二天早晨，他分明看见箱柜锁得好好的，打开一看，却发现封皮被画了四条线，每条线比手指还粗，第一章画了五条线，第二章也画了五条线，后面就不画了。从此，狐狸不再出现。在后来的岁考中，郭生一次考了四等，两次考了五等，他这才知道考试的预兆就藏在在狐狸画的线中。

梁彦

徐州人梁彦得了一种奇怪的病,总是流鼻涕、打喷嚏,怎么也不见好。

一天晚上,当梁彦沉睡时,他突然觉得鼻子痒痒,紧接着,打了一个大大的喷嚏。咦,有个东西竟然从鼻孔里冲了出来,掉在地上。

梁彦好奇地一看,那东西小小的,形状像是装饰屋脊的瓦狗,只有指甲盖那么大。可还没等他细看,又打了一个喷嚏,又一个小瓦狗出现了。

就这样,梁彦连打了四个喷嚏,地上出现了四只小瓦狗。这些小家伙在地上慢慢地爬动,互相嗅来嗅去。

突然，有趣的事情发生了。其中一只看起来比较强壮的小瓦狗，开始去咬其他的小伙伴。每吃掉一个，它的身体就变得更大一些。不一会儿，强壮的小瓦狗就把其他三只都吃掉了，变得比鼹鼠还要大。它还用舌头舔了舔嘴巴，好像很满足的样子。

梁彦看到这一幕，惊讶得合不拢嘴。他想：

"这到底是什么东西？我得把它赶走！"于是，他试着用脚去踩，可是小瓦狗灵活地躲开了，还顺着梁彦的袜子往上爬，一直爬到了他的大腿上。

梁彦急了，他赶紧扯起衣服来用力抖动，想把小瓦狗甩下去。可是小瓦狗紧贴在衣服上，怎么抖也抖不下去。更糟糕的是，它竟然还钻进了梁彦的衣服里，在他的腰上和胸前抓来抓去。

梁彦吓得赶紧脱下衣服，扔在地上。他伸手一摸，哎呀！那个小瓦狗竟然变成了一个肉乎乎的东西，紧紧地附着在他的腰间，推也推不动，掐一下还疼得厉害。原来，它变成了一个小肉瘤，眼睛和嘴巴都紧紧闭着，就像一只睡着的小老鼠。

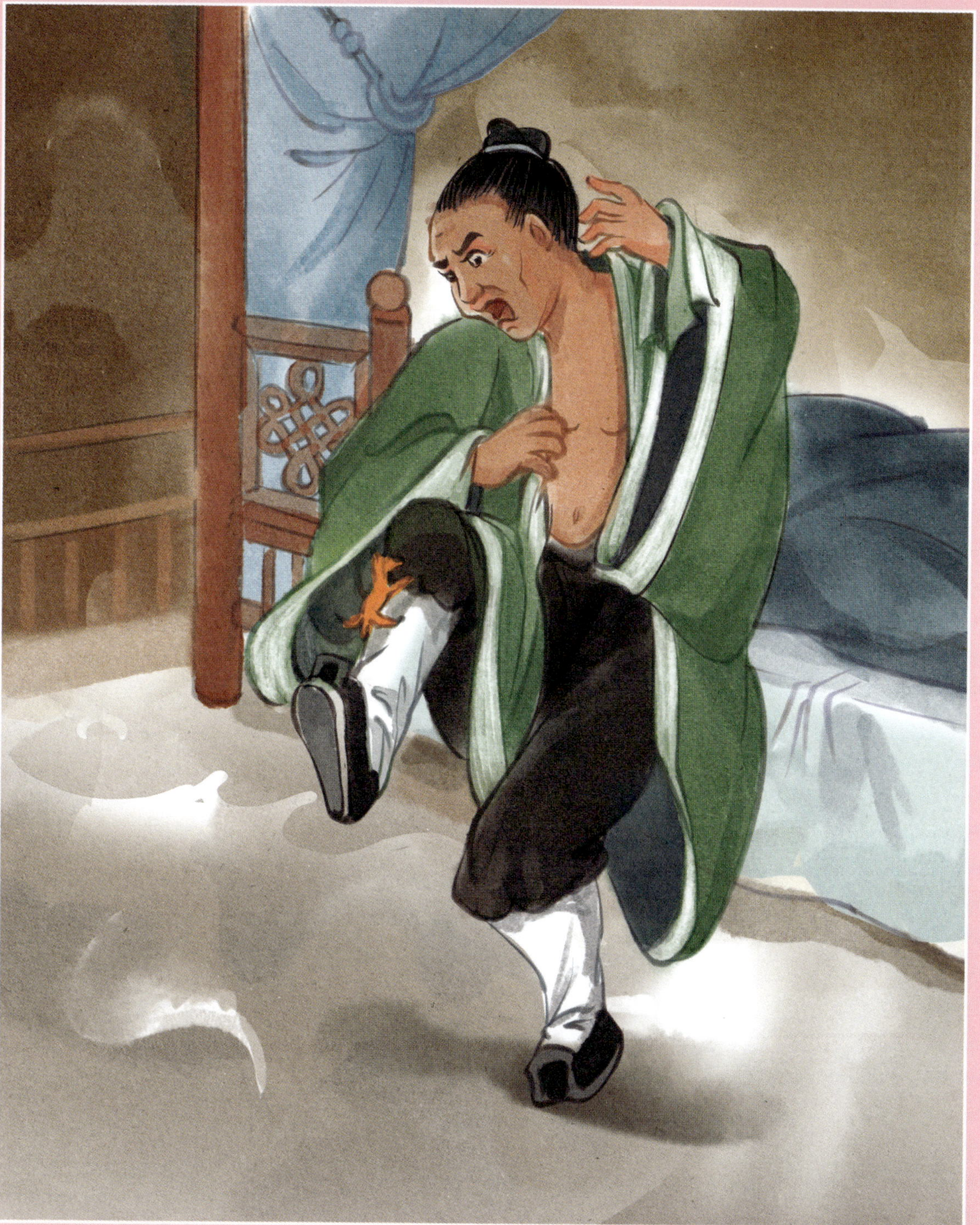

河间生

河北河间府有个秀才，他家后院堆着一座小山似的麦秸堆。每天，家人都会从那里取些麦秸当柴火烧。日子久了，麦秸堆里竟然出现了一个神秘的深洞。有一只会变身的狐狸住在里面。

这只狐狸特别有趣，它常常变成一个慈祥的老汉，和秀才聊天。一天，老汉邀请秀才去他的洞里喝酒，秀才有点害怕又有点好奇，就被老汉拉着进了洞。一进洞，秀才惊呆了，里面竟然屋舍华美。他随即入座，茶香酒美。可是里面天色昏暗，分不清是白天还是晚上。酒足饭饱后，秀才走出洞口，发现先前的景物全都消失不见了。

老汉每天晚上神秘地出门，早上又悄悄回来，谁也不知道他去了哪里。秀才问起，老汉就笑着说："是朋友请我喝酒去了。"秀才心里痒痒，也想跟着去瞧瞧。他求了老汉好多次，老汉终于答应了。

老汉拉着秀才的手，一眨

眼就飞了起来，快得像风一样。不一会儿，他们就来到一座热闹的城市，走进了一家酒馆。酒馆里人声鼎沸，大家都在开心地喝酒聊天。老汉带着秀才上了楼，俯视楼下的客人，桌上的美食一目了然。

老汉独自下楼去,随意从其他客人的桌上拿来美酒和好吃的果子给秀才享用。奇怪的是,那些客人好像都没看见似的,一点儿也不生气。秀才觉得好玩极了,他看到一位穿红衣服的客人面前有金橘,就想让老汉也去拿几个。但老汉摇摇头说:"那位是正人君子,我不敢靠近他。"

秀才听了这话,心中暗想:狐狸与我交游,一定是我不正派了。从今往后,我一定也要正派做人。就在这时,他突然觉得头晕目眩,一不留神掉下楼去。

楼下的客人们被吓了一跳,纷纷围过来,以为他是妖怪。秀才抬头一看,发现自己刚才所待的地方并非楼上,而是房梁!他连忙向大家解释事情的经过,大家听后相信了他的话,还给了他一些钱,打发他回家。

吴门画工

苏州有一位画师,非常热爱画画,尤其喜欢画那位传说中逍遥自在的仙人——吕洞宾。每当夜深人静时,他就会在心中与吕洞宾对话,幻想着能亲眼见到这位神仙。

一天,画师漫步到城郊,那里有一群乞丐正围坐一起,畅饮欢笑。在这群人中,有一位乞丐格外引人注目,他衣衫褴褛,两肘裸露,但眼神中闪烁着不凡的光芒,显得格外豁达和自信。

画师心里一颤,仿佛被什么击中,他心中有一种强烈的感觉:这位乞丐,莫非就是自己日思夜想的吕洞宾?

他鼓起勇气,快步上前,紧紧抓住乞丐的胳膊,激动地说:"您……您可是吕祖?"乞丐听后,哈哈大笑,那声音里似乎藏着无尽的智慧。画师见状,更是确信无疑,连忙跪倒在地,诚恳地请求吕洞宾指点。

乞丐收敛了笑容,认真地说:"好吧,既然你能认出我来,也算是有缘。但此地不宜久留,我们夜里再会。"话音未落,乞丐便如一阵风般消失得无影无踪,画师惊叹着回到家中。

到了夜里,画师躺在床上进入梦乡。梦里,一道光芒照亮了他的房间,吕洞宾真的来了!他轻轻地说:"因为你的虔诚,我特来相见。但你的心中尚存贪念与吝啬,难以成仙。不过,我可以让你见一个人。"

说着,吕洞宾轻轻一挥手,一位身着华丽服饰的美人从天而降。她就像从画中走出的仙子,美丽得让人窒息。

吕洞宾告诉画师:"这是董娘娘,你要牢牢记住她的模样。"随后,他再三叮嘱画师不要忘记,便带着美人一同离去了。

画师醒来后,觉得这梦不同寻常,他立刻拿起画笔,将梦中的美人画下来,保存好,只是吕洞宾的话让他百思不得其解。

几年后,画师偶然来到京城游历。恰逢董妃离世,皇帝悲痛欲绝,欲寻天下画师为爱妃画像,以寄哀思。众多画师虽竭尽全力,却无人能画出董妃的神韵。就在这时,画师想起了梦中的那位美人,他心中一动,决定一试。

当他将那幅画像进

献给朝廷时，宫中人传看后都为之震惊，画中之人仿佛董妃再生，栩栩如生。皇帝大喜，欲赐画师中书舍人官职，画师却婉言谢绝；皇帝又赐他白银万两。

从此，画师名声大噪。皇亲国戚都争相邀请画师为逝去的亲人画像。

狼三则（一）

有一位屠夫卖完肉，挑着担子踏上了回家的路。这时，天色已经渐渐暗了下来，四周变得静悄悄的。

突然,从路边的草丛中跑出一只狼,它瞪大眼睛,直勾勾地盯着屠夫担子里残留的肉,口水似乎都要流到地上了。屠夫心里咯噔一下,但表面还是强装镇定,他加快脚步想甩掉这只狼,狼却像影子一样,不紧不慢地跟在后面,一连跟了好几里地。

屠夫心里开始犯嘀咕:"这可怎么办?狼不会一直跟着我吧?"他灵机一动,停下脚步,从腰间抽出一把锋利的刀,故作凶狠地挥舞着,希望能吓跑狼。果然,狼看到刀光,后退了几步,露出了一丝畏惧。可当屠夫继续前行时,狼又悄悄地跟了上来。

屠夫想了想,自言自语道:"这狼看来是真的饿了,它想要的是肉。我何不把肉挂在树上,明天一早来取。"于是,他找了一根结实的树枝,用

钩子小心翼翼地把肉挂了上去，把空担子给狼看，狼看到屠夫手里空了，又围着树转了几圈，终于相信肉已经不在担子里，便停在那里，不再跟随。

屠夫松了口气，赶紧往家里赶。第二天一早，他迫不及待地回到昨天挂肉的地方。远远望去,他惊讶地发现树上挂着个庞大的东西,好像有人吊在那里。这吓得他心跳加速。好奇心驱使他慢慢靠近,仔细一看,原来是那只狼!它竟然已经死了,嘴巴里还紧紧咬着那块肉,而肉钩子不偏不倚地穿透了它的上颚,就像鱼儿上钩一样。

屠夫恍然大悟,原来昨晚狼为了得到肉,不顾一切地跳起来咬,结果却被钩子给害了。他忍不住笑了起来,心想:"这狼真是聪明反被聪明误哇!"

当时狼皮可是个稀罕物,值不少钱。屠夫拿到集市上卖了,竟然得了十多两银子。

狼三则（二）

一个宁静的夜晚，一位屠夫挑着空空的担子归来，筐里只剩下几根骨头。

走着走着，屠夫突然感觉到身后有眼睛在紧紧盯着他。他回头一看，是两只狼，正一前一后，悄无声息地跟着他。屠夫非常害怕，他扔出一根骨头给前面的狼，希望它能放自己一马。

前面的狼果然被骨头吸引，停下来津津有味地啃了起来。但让屠夫没想到的是，后面的狼见状，更加紧追不舍了。他只好又扔出一根骨头给后面的狼，这下后面的狼也停住了，可前面的狼又追了上来。

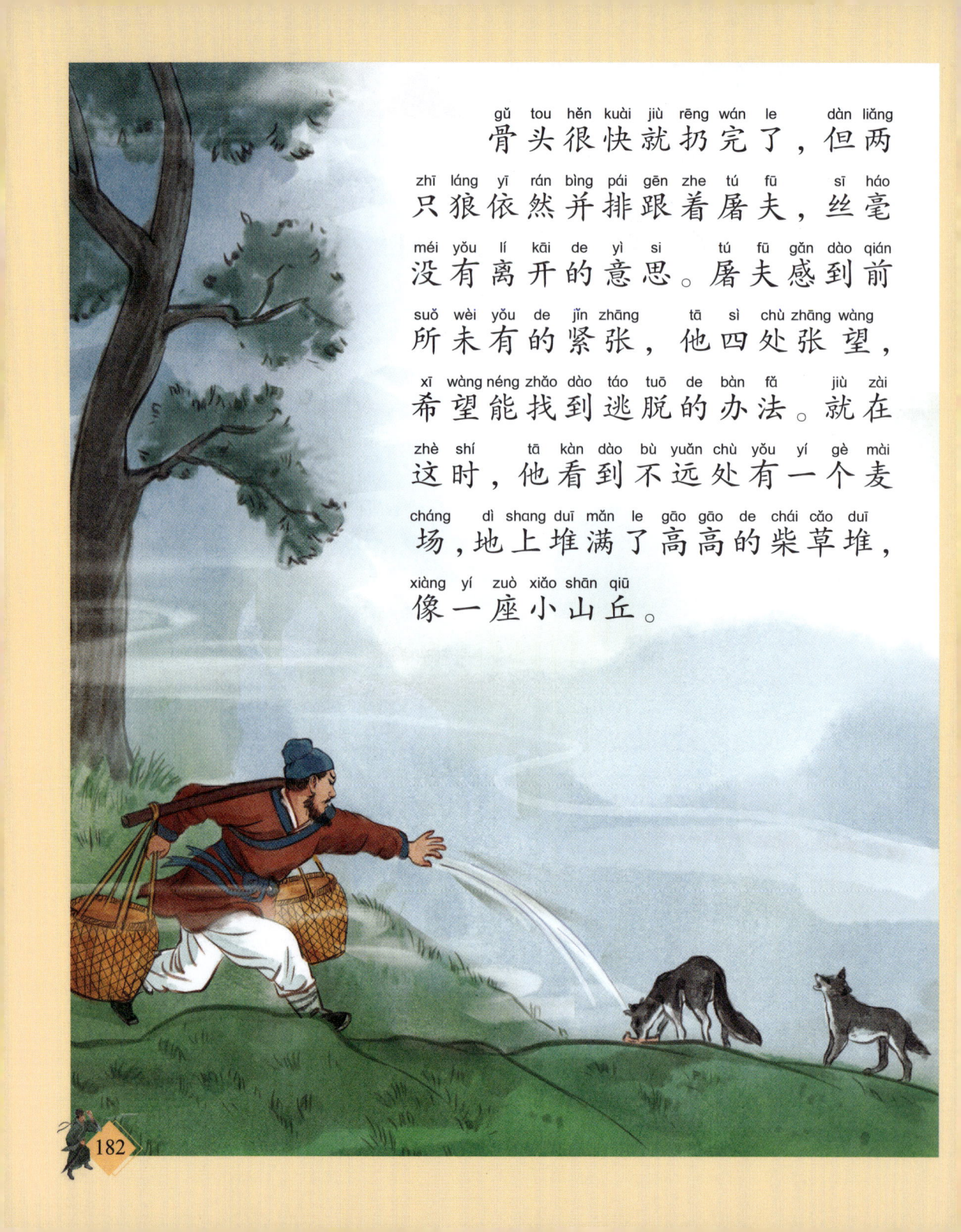

骨头很快就扔完了,但两只狼依然并排跟着屠夫,丝毫没有离开的意思。屠夫感到前所未有的紧张,他四处张望,希望能找到逃脱的办法。就在这时,他看到不远处有一个麦场,地上堆满了高高的柴草堆,像一座小山丘。

屠夫灵机一动,立刻跑向柴草堆,背靠着它,放下担子,紧紧握住手中的屠刀。两只狼见状,虽然馋得口水直流,但也不敢轻易上前,只是瞪大眼睛,恶狠狠地盯着屠夫。

过了一会儿,其中一只狼径自离去,另一只竟然像狗一样蹲坐在屠夫面前,慢慢闭上眼睛,看起来像是在打盹儿。屠夫心想:"这狼在搞什么鬼?"

就在这时,屠夫一跃而起,像闪电一样挥刀砍向那只打盹儿的狼。只听咔嚓一声,鲜血四溅。屠夫趁热打铁,又连砍数刀,直到确认这只狼已经死去。

正当准备离开时,他突然听到草堆后面传来窸窣的声音。他转头一看,原来另一只狼并没有真正离开,而是悄悄绕到草堆后面,打算挖个洞钻进来,从背后偷袭他。这只狼的身子已经钻进了一半,只剩下屁股和尾巴露在外面。

屠夫毫不犹豫地冲过去,从后面一刀砍断了狼的腿。这只狼疼得惨叫一声,挣扎着想要逃跑,但已经来不及了。屠夫把这只狼也杀死了。

这时,屠夫才恍然大悟,原来前面那只狼假装睡觉,是为了迷惑自己,好让同伴有机会偷袭。他感叹道:"狼真是狡猾呀!"但转念一想,又笑了,"再狡猾又能怎样?也不过是给人增加点笑料罢了!"

狼三则(三)

一天夜里,屠夫正往家走,突然背后一只狼跟了过来。他果断加快脚步,寻找可以藏身的地方。

不远处有一间简陋的窝棚,那是耕田的人留下的临时休息处。屠夫毫不犹豫地冲进了窝棚,关紧了门,生怕狼会跟进来。但狼可不会轻易放弃,它围着窝棚转来转去,似乎在寻找进入的机会。

突然,狼从窝棚的缝隙中探进一只爪子,屠夫眼疾手快,一把抓住那只爪子,不让它缩回去。

屠夫心里明白,自己不能一直这样耗下去,

得想办法对付这只狼。他环顾四周,发现身边只有一把不到一寸长的小刀。这怎么够对付凶猛的狼呢?

他想起以前人们吹猪皮的情景,心中顿时有了主意。他小心翼翼地用小刀割开了狼爪子下面的皮,然后深吸一口气,对着狼爪子的伤口用力吹了起来。

起初,狼还在拼命挣扎,但渐渐地,它似乎变得虚弱起来,不再那么有力气。

屠夫见状,更加卖力地吹气。他吹呀吹,直到自己都快喘不过气来了,才停下来,然后迅速用带子紧紧扎住狼的伤口,不让气体跑掉。

他出来一看,狼的身体已经胀得像头牛一样,腿直得不能打弯,嘴巴也张得大大的,合不上了。

接着,他背着那只狼,踏上了回家的路。

山市

有个美丽的小县城叫淄川,那里有八大奇景,其中最神秘也最难得一见的,就是"奂山山市"。

一天,孙禹年公子和他的几个好朋友在楼上饮酒。忽然,孙禹年指着远方喊道:"快看!那是什么?"只见远处的山头上,一座高高的宝塔孤零零地矗立着,直插云霄。大家你看看我,我看看你,都惊讶得说不出话来,因为附近根本没有这样的寺庙。

没过多久,宝塔周围竟然冒出了几十座金碧辉煌的宫殿,屋顶铺着翠绿的琉璃瓦,屋脊高高翘起,像是要飞走一样。这时,大家才恍然大悟,

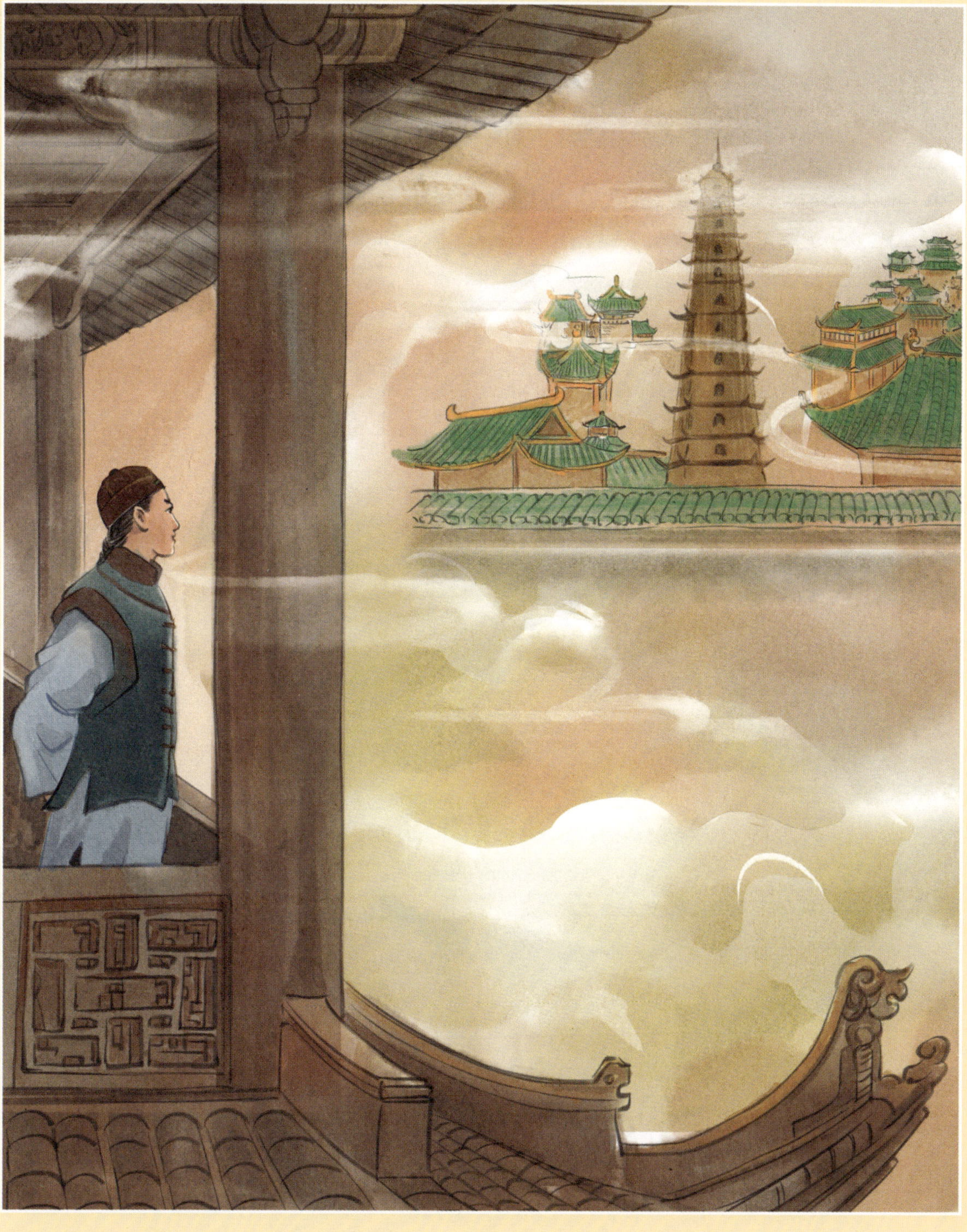

原来这就是传说中的"山市"。

山市里,景色美得就像画儿一样。高大的城墙环绕着,上面还有密密麻麻的小孔,像是古代的防御工事。城墙里面,各式各样的建筑排列得整整齐齐,有的像华丽的楼阁,有的像宽敞的厅堂,还有的像热闹的街市,多得数都数不清,简直就像一个微缩的世界。

忽然,一阵大风刮来,卷起漫天尘土,整个山市都变得模模糊糊,像是被一层纱蒙住了一样。等风停了,天空重新变得清澈透明,可眼前的山市不见了,只剩下一座特别高的楼,直通天际。这楼可真奇怪,每层五扇门窗都敞开着,一层有五个透明之处,透出楼后的天空。一层一层地数上去,楼层越高,透明之处越少。到了第八层,透明之处就只有一点点光了,再往上就昏暗缥缈,怎么也数不清有多少层了。

而楼上还有人在走来走去，有的在栏杆边眺望，有的静静地站着，好像在欣赏风景。过了片刻，高楼开始慢慢变矮，先是楼顶露了出来，接着变得像普通的楼阁，再后来就像一座大房子，最后竟然缩小成拳头大小，于是就看不见了。

第二天早上，早起赶路的人们纷纷传说，他们看到奂山上热闹的市集和来来往往的人群，跟真实的世界一模一样。

画 马

临清人崔生，家境贫寒，连院墙破了也没钱修补。每天清晨，崔生都会看见院子里有一匹美丽的马静静地躺在草丛中。那马黑底白花，宛如夜空中的繁星点缀，只是尾巴上的毛有些凌乱，像是被火烧断的。崔生赶走它几次，可到了夜里，这匹马又会神秘地出现，仿佛与崔生有着不解之缘。

崔生有个好朋友，在山西做官，他一直想去探望，但苦于没有合适的交通工具。看着眼前的这匹神秘之马，崔生心生一计：何不骑它去山西呢？于是，他精心为马准备了鞍具，并嘱咐家人：

"如果有人来找马,请到山西告诉我。"

踏上旅程的那一刻,崔生紧紧握住缰绳,马儿瞬间化作一道黑色的闪电,穿梭在田野与山川之间。夜幕降临,马儿却不大吃

草料，崔生担心它生病了，但第二天，马儿依旧精神抖擞，奔腾不息。就这样，他们中午就抵达了山西。

崔生骑着这匹骏马走在街上，引来无数人的赞叹。消息传到了晋王的耳中，他也被这匹非凡的马所吸引，想要高价买下。但崔生是个诚实的人，他担心马儿的失主来寻找，便婉拒了晋王的好意。

转眼间半年过去了，依然没有人来找马。崔生最终决定以八百两银子将马卖给晋王府，又用这笔钱买了一匹健壮的骡子，踏上了回家的路。不久后，晋王因急事派校尉骑马前往临清，不料马儿竟在途中跑了。校尉追到崔生家东边的邻居曾家，进了门，马就不见了，于是他向这家主人索要。主人说实在没有看见马。校尉进到屋里，看到墙上挂着一幅赵子昂画的马，其中一匹马的毛色与丢失的马惊人地相似，马尾处还留有火烧的痕迹，这才知道，这马原来是画妖。

校尉焦急万分，向曾家索要赔偿。曾家一贫如洗，哪里拿得出这么多钱。就在这时，崔生得知了此事，便主动提出借钱给曾家，帮助他们渡过难关。校尉见事情得以解决，便带着钱返回了晋王府。

曾家对崔生的慷慨解囊感激不尽，却不知这位好心人正是当年的卖马人。

藏虱

一个农夫坐在村边的老树下乘凉,无意间在身上摸到一个虱子。于是,他找了一张小纸片,小心翼翼地将虱子包裹起来,然后塞进了树干上的一个小洞里,做完这些,他便哼着小曲儿继续忙他的农活儿去了。

转眼间,两三年过去了。一天,农夫再次路过那棵老树,不经意间想起了自己当年藏虱子的事儿。他好奇地走到树下,四处张望,终于找到了那个小洞。他轻轻拨开树皮,惊喜地发现那个纸片包竟然还在。

农夫小心翼翼地取出纸片包,打开一看,里

面的虱子竟然还活着，只是变得异常干瘪，薄得像一层即将飘散的麦麸。农夫觉得既惊讶又好笑，便把这只"奇迹生还"的虱子放在手心上，端详起来。

就在这时，农夫感到手心传来一阵阵难以忍受的奇痒，仿佛有千万只小虫在爬动。他低头一看，只见那只原本干瘪的虱子，肚子竟然开始慢慢地鼓胀起来，越来越大，就像吹气球一样。农夫吓得连忙将虱子甩了出去，匆匆跑回家中。

回到家后，农夫发现手心发痒的地方渐渐红肿起来，不久就肿成了一个核桃大小的包。几天之后，农夫的手越来越肿，不久他便离开了人世。

杨疤眼

夜里,一位猎人埋伏在幽深的山林里,等待猎物的出现。

不久,山林间传来了一阵细微的声响,引起了猎人的注意。他屏住呼吸,仔细观察,只见在山涧的底部,出现了一个小小的身影,大约只有二尺多高,正孤独地行走着。

就在这时,又有一个同样高矮的小身影出现了。他们似乎是老朋友,一见面就热情地打起了招呼,互相问讯到哪里去。前一个小矮人说:"我正要去看望杨疤眼呢,前些天见他气色不太好,我担心他会遇到什么不顺心的事。"后来的那个

小矮人点点头,表示赞同:"是呀,我也是为了这事来的,咱们得快点儿。"

猎人听到这里,知道这两个小矮人不是寻常之人。他大声喊道:"你们是谁?快出来!"话音刚落，两个小矮人就像被风吹散的烟雾一样，瞬间消失得无影无踪。

猎人感到既惊讶又好奇，但他没有忘记自己的任务。他继续在山林间搜寻，直到夜深人静时，终于捕获了一只狐狸。他惊讶地发现，这只狐狸的左眼上竟然有一块儿明显的疤痕，形状圆圆的，就像铜钱那么大。

研石

洞庭君山中有一座巨大的石洞,它就像大自然悄悄挖开的一个大嘴巴,高得能让小船自由进出。这个洞里面黑漆漆的,深得像没有尽头,清澈的湖水就悄悄地从这里流进流出,好像在玩捉迷藏。

一天,王生坐上小船,决定去这个神秘的洞里探险。他小心翼翼地划着船,心里既兴奋又紧张,想象着洞里会有什么奇妙的东西。

一进洞,四周立刻被黑暗包围,王生点亮灯笼照亮了前方。他发现洞的两边,竟然全是黑得发亮的石头,就像夜晚最黑的天空,又像是涂满

了最浓的墨水。王生好奇地伸出手去摸,这些石头摸起来软软的又凉凉的。

王生心想:"这么特别的石头,如果能做成什么就好了。"于是,他拿出小刀,在一块石头上割了一下,那石头竟然像豆腐干一样,被轻轻松松地分成了两半,而且切面光滑平整,就像被精心打磨过一样。王生兴奋极了,他试着用小刀雕刻起来,不一会儿,一个砚台就出现在他的手中。

当王生带着这块神奇的石头砚台走出洞外,一阵风吹过,那原本柔软的石头竟然迅速变得坚硬无比,比普通的石头还要硬上几分。回到家,王生赶紧找来墨水试了试新做的砚台,研出的墨汁又浓又黑,写字、画画都特别好用。

其实,那些经常路过这里的商船和游船,虽然也见过这些石头,但从来没人想过它们会有这么特别的用处。大家都说,好东西也需要有人去发现,带着好奇心去探索才行。

鸿①

天津有一位技艺高超的捕鸟人,他擅长用绳子系着箭矢,在空中捕捉飞翔的鸟儿。有一天,他幸运地捕到了一只美丽的雌雁。

捕鸟人收工回家时,一只雄雁不知从何处飞来,它绕着捕鸟人的家盘旋,发出阵阵凄厉的哀鸣声,那声音中充满了思念与绝望。

直到夕阳西下,天色渐暗,雄雁才依依不舍地离去。

第二天清晨,捕鸟人走出家门,惊讶地发现那只雄雁已经早早地等在了门外。它紧紧跟随在捕鸟人的身后,时而低飞,时而高鸣,仿佛在用自

---

①鸿:大雁。

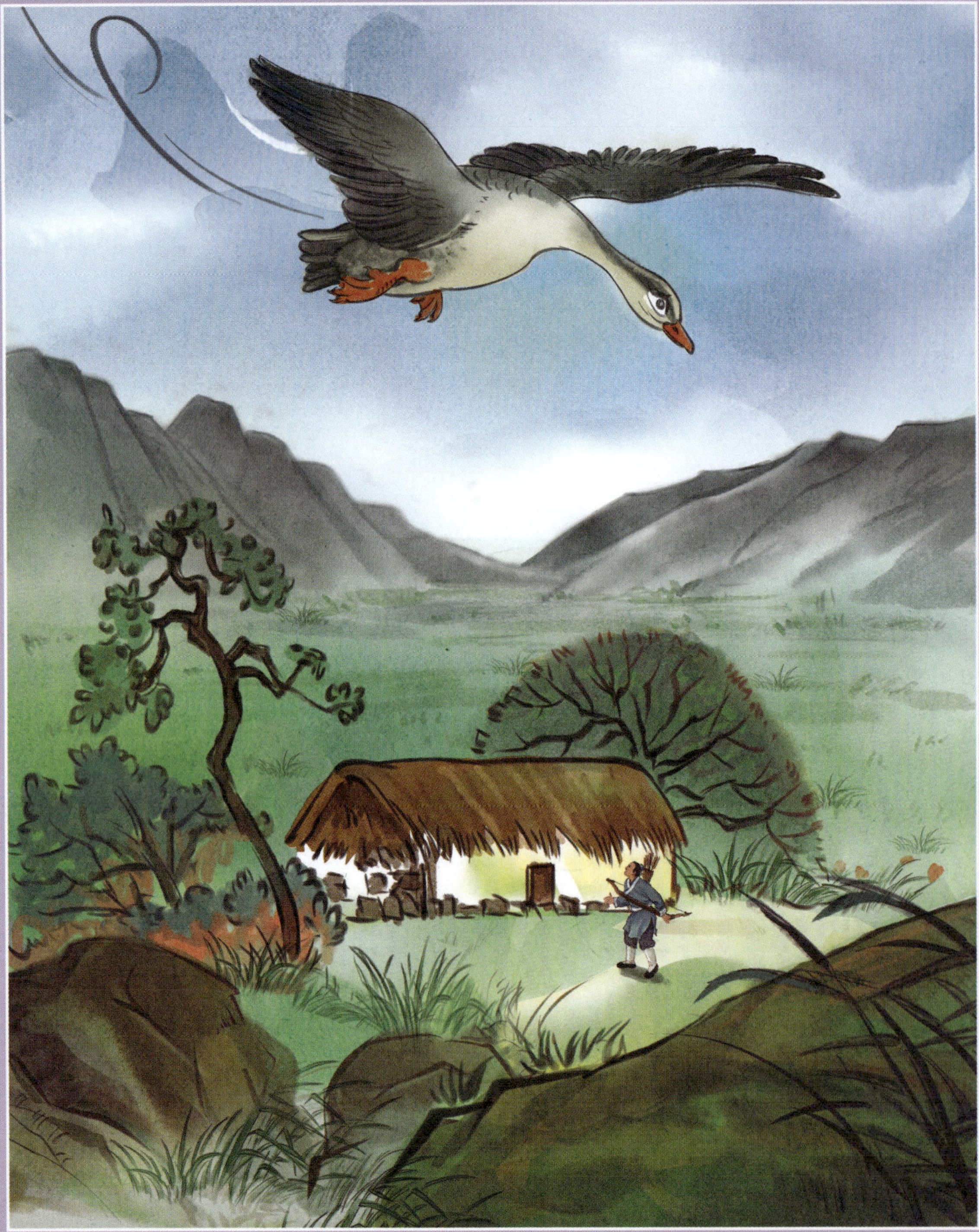

己的方式诉说着什么。

捕鸟人想把这只雁也抓住,他注意到雄雁正伸长脖子,做出一种奇特的姿态——一俯一仰之间,竟然从嘴里吐出了一小块闪闪发光的东西。捕鸟人走近一看,原来是半锭黄澄澄的金子!他立刻明白了雄雁的用意,这是它在用自己的方式,试图赎回被俘的伴侣。

捕鸟人被这份深情所打动,他感慨地说:"你是想用这金子来赎回你的妻子吧!"说完,他便解开了雌雁脚上的绳索,让它重新获得了自由。

两只雁重逢的那一刻,它们在空中盘旋飞舞,时而贴近地面,时而直冲云霄,那欢快的鸣叫声中,似乎既有重逢的喜悦,也有对过往艰难岁月的感慨。

最终,这对恩爱的雁双双飞向了远方,只留

下一道美丽的弧线在蓝天中渐渐消失。捕鸟人望着它们远去的身影，心中充满了感动。他拿起那半锭金子称了称，竟然有二两六钱多。

他不禁感叹道："连禽鸟都懂得如此深情厚意，真是令人动容！世间最悲伤的事莫过于有情人被迫分离，原来动物之间也有这样真挚的情感哪！"

象

清晨,猎人带着弓箭往深山走。山路崎岖,他走得累了,便在一棵大树下躺着休息,不知不觉间进入了梦乡。就在这时,一头大象悄悄靠近,用它的鼻子轻轻地将猎人卷了起来。猎人猛然惊醒,以为自己要成大象的"盘中餐"了。

然而,大象并没有伤害猎人,而是小心翼翼地把他放在了树下。接着,大象发出低沉而有力的叫声,不一会儿,一群大象从四面八方赶来,它们围成一个圈,将猎人包围在中间,似乎有事求他。

猎人仔细观察,发现那只最初卷他的大象正趴在树下,不时地抬头看看树上,又低头看看他,

似乎在示意他什么。猎人灵机一动,明白了大象的意思——它想让自己爬到树上去。于是,他鼓起勇气,踩着大象坚实的背脊,爬到了树上。

到了树顶,猎人环顾四周,却不清楚大象的真正用意。

就在这时,一只凶猛的狻猊出现了。它瞪着血红的眼睛,在象群中挑选着猎物,最终选中了一头肥壮的大象作为目标。群象吓得浑身发抖,没有敢逃走的,只是齐刷刷地望向树上的猎人,眼中充满了求救的渴望。

猎人见状，立刻拉满弓弦，对准狻猊射出了致命的一箭。狻猊应声倒下，群象抬头望向天空，仿佛在进行一场无声的拜谢仪式。

危机解除后，大象再次用鼻子拉了拉猎人的衣裳，示意他下来。猎人顺着树干滑下，大象则温顺地趴下身子，让他骑上。

大象带着猎人走到一处隐秘的山谷，用它的蹄子在地上扒开一个深深的洞。洞里藏着的，竟是闪闪发光的象牙！猎人惊喜交加，和大象一起将象牙一一取出，并仔细地捆绑在象背上。满载而归的他们，缓缓走出了山林。

大鼠

明朝万历年间,皇宫的某个角落,悄悄住着一只大老鼠。它的个头儿和猫差不多大,每天到处捣蛋,让宫人们头疼不已。

宫里的大人们想尽办法,从民间找来了一只只号称"捕鼠高手"的猫,可这些猫一见到那只大老鼠,不是被吓得逃之夭夭,就是反被大老鼠吃掉了,真是让人哭笑不得。

恰好这时外国进贡来一只狮猫,它浑身的毛发像冬天的雪花一样洁白无瑕,看起来既高贵又神秘。宫人们觉得,或许这只特别的狮猫能对付那只大老鼠。于是,宫人们小心翼翼地把狮猫抱

进一个有大老鼠出没的房间，然后悄悄地关上门，躲在一旁偷偷地观察。狮猫进房间后，并没有急着动手，而是找了个角落，静静地蹲了下来。

　　过了一会儿，那只大老鼠似乎察觉到了什么，它警觉地从洞穴里探出头来，一看见狮猫，立刻瞪圆了眼睛，气呼呼地冲了过去。狮猫却显得不

慌不忙，轻轻一跃，跳到了桌子上。大老鼠不甘示弱，也跟着跳上了桌子。狮猫见状，又轻巧地跳回了地面，大老鼠也跟着跳了下来。就这样，它们一上一下，一追一逃，来来回回不下百次，看得宫人们眼花缭乱。

"这只狮猫是不是太胆小了？怎么只知道躲来躲去，不直接抓老鼠呢？"宫人们心里直犯嘀咕。

就在这时，情况发生了变化。大老鼠跳来跳去，渐渐地体力不支，速度也慢了下来，肚子一鼓一鼓的，看起来累极了。它终于停下了脚步，蹲在地上喘着粗气，想要休息一下。

就在这时，狮猫瞅准时机，像一道白色的闪电冲了过去，用它锋利的爪子牢牢地抓住了大老鼠头顶的毛，然后一口咬住了大老鼠的脖子。大老鼠疼得吱吱直叫，和狮猫翻滚在一起，战斗异常激烈。狮猫呜呜地低吼着，仿佛在告诉大老鼠："你嚣张不了多久了！"

终于，在宫人们的惊呼声中，大老鼠的头被狮猫狠狠地咬掉了，这场惊心动魄的战斗落下了帷幕。宫人们这才恍然大悟：原来狮猫之前的躲避并不是因为害怕，而是在等待大老鼠筋疲力尽的那一刻，给它致命的一击！

武夷

武夷山有一处千尺高的峭壁,就像一面巨大屏风。在峭壁之下,常常有幸运的人捡到珍贵的沉香木和闪闪发光的玉块,这些宝贝让许多人都心生向往。

有一天,这个地方的太守听说了这件事,心里充满了好奇和惊喜。他想:"如果能亲眼看看这峭壁之上到底藏着什么秘密,那该多好哇!"于是,太守决定率领几百个勤劳的工匠,一起动手制作一架云梯,去爬上那高高的峭壁,揭开它的神秘面纱。

工匠们夜以继日地工作,用结实的木头和坚

固的绳索,一点点地搭建起这座通往云端的梯子。

过了整整三年,经过无数次努力和改进,终于,一架雄伟壮观的云梯完成了。它高高地耸立在峭壁前,仿佛一条通往天宫的银色长龙。

太守带着激动的心情,踏上了云梯的第一步。

他一步一步地往上爬,越爬越高,直到感觉自己快要触摸到天空了。突然,一个巨大的影子遮住了阳光,只见一只大脚从峭壁的顶端伸了下来,那脚上的拇指,竟然比家里用来捣衣服的木棒还要粗上好几倍。

紧接着,一个威严的声音从上面传来:"快下去!不然就要掉下去了!"太守吓得脸色苍白,他急忙往下爬,每下一步,都像踩在棉花上,心里充满了恐惧和不安。

终于,太守安全地回到地面。他刚站稳脚跟,就听见轰隆一声巨响,那架云梯竟然像朽木一样瞬间崩塌了,从峭壁上坠落下来,摔得支离破碎。

小蜜蜂童书馆

01 安徒生童话
02 格林童话
03 一千零一夜
04 伊索寓言
05 父与子全集
06 彼得兔的故事
07 彼得兔的故事2
08 玛德琳的故事
09 爱丽丝漫游奇境
10 福尔摩斯探案集
11 西顿动物故事
12 森林报
13 昆虫记
14 木偶奇遇记
15 海底两万里
16 吹牛大王历险记
17 小王子
18 绿野仙踪
19 柳林风声
20 爱的教育
21 鲁滨孙漂流记
22 绿山墙的安妮
23 假如给我三天光明
24 八十天环游地球
25 格列佛游记
26 丛林故事
27 老人与海
28 秘密花园
29 金银岛
30 小鹿斑比
31 列那狐的故事
32 愿望的实现
33 小飞侠彼得·潘
34 童年
35 汤姆·索亚历险记
36 伊林十万个为什么
37 书的故事
38 三国演义
39 水浒传
40 西游记
41 红楼梦
42 快乐王子
43 365夜故事
44 小故事大道理
45 山海经故事
46 三字经故事
47 公主童话
48 王子童话
49 语文课里的经典故事
50 封神演义
51 唐诗三百首
52 成语三百则
53 十分有趣的为什么
54 中国儿童百科全书
55 中国儿童百科全书2
56 我想知道为什么
57 宋词三百首
58 儿歌三百首
59 童谣三百首
60 谜语三百则
61 恐龙三百问
62 小学生必背古诗词
63 成语接龙
64 葫芦兄弟
65 哪吒闹海
66 大闹天宫
67 没头脑和不高兴
68 睡前童话故事
69 智慧童话故事
70 中国寓言故事
71 中国民间故事
72 中国神话故事
73 名人故事
74 汉字的故事
75 成语故事
76 中国传统节日故事
77 十二生肖的故事
78 中国谚语故事
79 中国歇后语故事
80 中华美德故事
81 文明礼仪小故事
82 守护安全小故事
83 国际绘本大师笔下的白雪公主
84 国际绘本大师笔下的皇帝的新装
85 国际绘本大师笔下的好奇的小鱼
86 国际绘本大师笔下的安格斯和猫
87 国际绘本大师笔下的穿靴子的猫
88 丰子恺给孩子的毛笔画
89 大象巴巴经典故事集
90 小熊维尼经典故事集
91 弟子规
92 论语
93 声律启蒙
94 笠翁对韵
95 百家姓
96 诗经
97 千字文
98 孙子兵法
99 三十六计
100 千家诗
101 世说新语故事精选
102 聊斋志异故事